당신에게 시가 있다면

당신은 혼자가 아닙니다

당신에게 시가

소월에서 박준까지,
우울한 시인과 유쾌한 검사가 고른
우리나라 극강의
서정시

있다면 당신은

혼자가

류근 · 진혜원 엮음

아닙니다

해냄

서문

여기에 당신이 모르는 시는 없다.
다만 잊고 사는 시가 있을 뿐.

당신이 지금 외롭고 고단한 것은
시를 읽지 않았기 때문이 아니라
시를 잊고 살았기 때문이다.

류근

주페의 오페라 중 〈시인과 농부〉라는 작품이 있다.

서곡이 워낙 다양한 광고에 많이 쓰이고, 영화음악으로도 널리 알려져서 대중적으로 매우 유명한 곡이다.

이슬이 떨어지는 듯한 시어와 영화배우 못지않은 외모로 유명한 류근 시인께서 함께 서정시 선별 작업을 해보자는 제안을 주셨을 때 이 곡이 생각났다.

이 곡은 주로 변비약, 막힌 하수구 오물 제거제 광고에 많이 등장했는데, 이 시선집이 많은 분들의, 막힌 그 무엇을 시원하게 뚫어드리는 계기가 되기를 희망한다.

진혜원

차례

2
외로운
황홀한
심사이어니

3
산에서 우는 작은 새여

- 일러두기

  여기 실린 우리나라 서정시는 우리나라 좋은 서정시의 아주 작은 한 부분입니다.
  더 크고 좋은 시를 싣지 못한 것은 전적으로 고른 자들의 능력 부족입니다.
  반드시 싣고 싶었으나 싣지 못한 시편들은 저작권 문제가 해결되지 않았거나,
  죽어서건 살아서건 잊히고 싶은 시인의 염원이 반영된 것입니다.
  류근 시인과 진혜원 검사가 개인적 측근으로 생각하는 시인은 그냥 뺐습니다.
  양해 바랍니다.
  그래도, 이 한 시선집이면 됩니다. 이 시선집 아니라면 더 읽지 않아도 됩니다.
  각 시인의 이력 소개는 순전히 류근 시인의 옛날 애인 노력입니다. 류근 시인과
  진혜원 검사가 개입하지 않았습니다.
  ─류근, 진혜원

I

그늘의

밤을

잊지

못하지

●

　누군가에게 색깔의 이미지로 남는다는 것은 좀 더 오래도록 기억된다는 뜻이다. 색깔이 아니어도 무엇이든 선명한 이미지로 남는다는 것은 기억의 끄트머리를 좀 더 오래도록 가져갈 수 있다는 뜻이다. 분홍으로, 보라로, 하얀 빛으로, 장미 향기로, 물냄새로, 나무냄새로, 더러는 매콤한 술 냄새로, 바이올린으로, 피아노로, 트럼펫으로…….

　이미지는 확실히 언어보다 힘센 뿌리를 가지는 법이어서 "지금 그 사람 이름은 잊었지만 그 눈동자 입술은 내 가슴에 있네"라는 시구의 진정성을 실감케 한다.

　류근

●

　음악을 사랑하는 부모님 덕에 글자를 배우기도 전에 가곡부터 흥얼거리고, 따라하곤 했다. 보리밭 사잇길로 걸어가노라면 나를 부르는 소리 들려왔으며, 저 구름이 흘러가는 곳에 내 마음도 함께 보내곤 했고, 신라의 달밤은 낭만에 대하여 할 말이 많은 것 같았다. 탈 수 있는 대로 다 타라고 해서 무작정 만원 버스에 올라탔던 적도 많았는데, 사람을 가득 태우고 덜컹거리며 달려가는 버스 안팎의 분위기는 정겨운 노래 같았다. 비싼 버스 탔다고 좋아했던 만원 버스의 버스비는 알고 보니 70원이었다.

　진혜원

내 몸속에 잠든 이 누구신가

그대가 밀어 올린 꽃줄기 끝에서
그대가 피는 것인데
왜 내가 이다지도 떨리는지

그대가 피어 그대 몸속으로
꽃벌 한 마리 날아든 것인데
왜 내가 이다지도 아득한지
왜 내 몸이 이리도 뜨거운지

그대가 꽃 피는 것이
처음부터 내 일이었다는 듯이.

김선우

　1970년 강원도 강릉에서 태어났다. 강원대학교 국어교육과를 졸업했
으며 1996년 계간《창작과비평》겨울호에「대관령 옛길」등을 발표했다.
2000년 첫 시집『내 혀가 입 속에 갇혀 있길 거부한다면』, 2002년 첫 산
문집『물 밑에 달이 열릴 때』, 2003년 어른이 읽는 동화『바리공주』, 같
은 해 두 번째 시집『도화 아래 잠들다』를 펴냈다. 그 밖에도 첫 청소년
시집『댄스, 푸른푸른』, 최승희의 삶을 다룬 첫 소설『나는 춤이다』, 여
행 에세이『어디 아픈 데 없냐고 당신이 물었다』를 내놓기도 했다. 시집
『녹턴』(2016),『아무것도 안 하는 날』(2018), 소설『발원』(2015) 등 다수
를 출간했다. 현대문학상과 천상병시문학상, 발견문학상을 수상했다.

작은 연가

사랑이여, 보아라
꽃초롱 하나가 불을 밝힌다.
꽃초롱 하나로 천리 밖까지
너와 나의 사랑을 모두 밝히고
해질녘엔 저무는 강가에 와 닿는다.
저녁 어스름 내리는 서쪽으로
유수(流水)와 같이 흘러가는 별이 보인다.
우리도 별을 하나 얻어서
꽃초롱 불 밝히듯 눈을 밝힐까.
눈 밝히고 가다가다 밤이 와
우리가 마지막 어둠이 되면
바람도 풀도 땅에 눕고
사랑아, 그러면 저 초롱을 누가 끄리.
저녁 어스름 내리는 서쪽으로
우리가 하나의 어둠이 되어
또는 물 위에 뜬 별이 되어
꽃초롱 앞세우고 가야 한다면
꽃초롱 하나로 천리 밖까지
눈 밝히고 눈 밝히고 가야 한다면.

박정만

　1946년 전북 정읍에서 태어났다. 전주고등학교 3학년 재학 중 경희대학교 전국고교생 백일장에서 시 「돌」이 장원을 받았다. 경희대학교 국문과에 입학, 이듬해 《서울신문》 신춘문예에 시 「겨울 속의 봄 이야기」가 당선되어 등단했다. 1979년 고려원을 통해 첫 시집 『잠자는 돌』을 내놓았고 1980년 고려원 편집부장으로 적을 옮겼다. 1981년 소설가 한수산이 《중앙일보》에 연재하던 장편소설 『욕망의 거리』 필화 사건에 연루돼 한수산, 정규웅 등과 함께 연행, 온갖 고문을 받았다. 이 후유증으로 건강이 극심하게 악화됐다. 죽기 10개월 전인 1988년 1월 간경화로 한 달간 병원에 입원했는데 이때부터 시집 『혼자 있는 봄날』 『어느덧 서쪽』 『슬픈 일만 나에게』를 연속으로 내놓았다. 1988년 10월 간경화로 별세했다.

나와 나타샤와 흰 당나귀

가난한 내가
아름다운 나타샤를 사랑해서
오늘밤은 푹푹 눈이 나린다

나타샤를 사랑은 하고
눈은 푹푹 날리고
나는 혼자 쓸쓸히 앉어 소주를 마신다
소주를 마시며 생각한다
나타샤와 나는
눈이 푹푹 쌓이는 밤 흰 당나귀 타고
산골로 가자 출출이 우는 깊은 산골로 가 마가리에 살자

눈은 푹푹 나리고
나는 나타샤를 생각하고
나타샤가 아니 올 리 없다
언제 벌써 내 속에 고조곤히 와 이야기한다
산골로 가는 것은 세상한테 지는 것이 아니다
세상 같은 건 더러워 버리는 것이다

눈은 푹푹 나리고

아름다운 나타샤는 나를 사랑하고

어데서 흰 당나귀도 오늘밤이 좋아서 응앙응앙 울을 것이다

백석

1912년 평안북도 정주에서 태어났다. 오산고등보통학교를 졸업 후 집안 사정으로 진학하지 못하고 있다가 1929년 《조선일보》 후원 장학생 선발 시험에 붙어 일본 아오야마 전문부 영어 사범학과에 들어갔다. 1930년 열아홉의 나이에 《조선일보》 신춘문예에 소설 「그 모(母)와 아들」로 등단했다. 1935년 《조광》에 시 「산지」 「주막」 「나와 지렝이」 「비」 「흰 밤」 등을 발표했고 1936년 첫 시집 『사슴』이 나왔다. 해방 뒤 백석은 고향 정주에 머물면서 1947년 「마을은 맨천 구신이 돼서」 「남신의주 유동 박 시봉방」 「칠월 백중」 등을 발표했다. 정주에서 남북 분단을 맞은 백석은 북한에서 『뿌시킨 선집-시편』을 번역하기도 하고 꾸준히 시를 발표한 것으로 추정되며 1996년 84세의 나이로 사망한 것으로 전해진다.

지금은 우리가

그때 우리는
자정이 지나서야

좁은 마당을
별들에게 비켜주었다

새벽의 하늘에는
다음 계절의
별들이 지나간다

별 밝은 날
너에게 건네던 말보다

별이 지는 날
나에게 빌어야 하는 말들이

더 오래 빛난다

박준

    1983년 서울에서 태어났다. 경희대학교 대학원에서 국어국문학을 전공했다. 2008년 계간 《실천문학》을 통해 등단했다. 『당신의 이름을 지어다가 며칠은 먹었다』(2012) 『우리가 함께 장마를 볼 수도 있겠습니다』(2018) 등의 시집, 산문집 『운다고 달라지는 일은 아무것도 없겠지만』과 시 그림책 『우리는 안녕』 등을 내놓았다. 박재삼문학상과 편운문학상, 오늘의 젊은 예술가상, 신동엽문학상 등을 수상했다. 매일 밤 CBS 라디오 〈시작하는 밤 박준입니다〉를 진행하고 있다.

혼자 가는 먼 집

　당신……, 당신이라는 말 참 좋지요, 그래서 불러봅니다 킥
킥거리며 한때 적요로움의 울음이 있었던 때, 한 슬픔이 문을
닫으면 또 한 슬픔이 문을 여는 것을 이만큼 살아옴의 상처에
기대, 나 킥킥……, 당신을 부릅니다 단풍의 손바닥, 은행의 두
갈래 그리고 합침 저 개망초의 시름, 밟힌 풀의 흙으로 돌아감
당신……, 킥킥거리며 세월에 대해 혹은 사랑과 상처, 상처의
몸이 나에게 기대와 저를 부빌 때 당신……, 그대라는 자연의
달과 별……, 킥킥거리며 당신이라고……, 금방 울 것 같은 사
내의 아름다움 그 아름다움에 기대 마음의 무덤에 나 벌초하
러 진설 음식도 없이 맨 술 한 병 차고 병자처럼, 그러나 치병
과 환후는 각각 따로인 것을 킥킥 당신 이쁜 당신……, 당신이
라는 말 참 좋지요, 내가 아니라서 끝내 버릴 수 없는, 무를 수
도 없는 참혹……, 그러나 킥킥 당신

허수경

1964년 경남 진주에서 태어난 허수경은 경상대학교 국문과를 졸업하고 방송사 스크립터 등으로 일하다가 1987년《실천문학》을 통해 등단했다. 첫 시집『슬픔만 한 거름이 어디 있으랴』(1988), 두 번째 시집『혼자 가는 먼 집』(1992)으로 주목을 받았다. 1992년 독일로 건너가 독일 뮌스터대학에서 고대근동고고학을 공부해 박사학위를 취득했다. 독일인 지도교수와 결혼했다. 2001년 세 번째 시집『내 영혼은 오래되었으나』는 모국어에 대한 그리움과 고고학적인 사유, 외국 생활의 감성 등이 결합된 역작으로 평가받았다.『청동의 시간 감자의 시간』(2005)『빌어먹을, 차가운 심장』(2011)『누구도 기억하지 않는 역에서』(2016) 등의 시집이 있다. 2018년 암 투병 끝에 세상과 결별했다. 그의 나이 54세였다.

뼈아픈 후회

슬프다

내가 사랑했던 자리마다

모두 폐허다

완전히 망가지면서
완전히 망가뜨려놓고 가는 것; 그 징표 없이는
진실로 사랑했다 말할 수 없는 건지
나에게 왔던 사람들,
어딘가 몇 군데는 부서진 채
모두 떠났다

내 가슴속엔 언제나 부우옇게 이동하는 사막 신전;
바람의 기둥이 세운 내실에까지 모래가 몰려와 있고
뿌리째 굴러가고 있는 갈퀴나무, 그리고
말라가는 죽은 짐승 귀에 모래 서걱거린다

어떤 연애로도 어떤 광기로도

이 무시무시한 곳에까지 함께 들어오지는
못했다, 내 꿈틀거리는 사막이,
끝내 자아를 버리지 못하는 그 고열의
신상(神像)이 벌겋게 달아올라 신음했으므로
내 사랑의 자리는 모두 폐허가 되어 있다

아무도 사랑해본 적이 없다는 거;
언제 다시 올지 모를 이 세상을 지나가면서
내 뼈아픈 후회는 바로 그거다
그 누구를 위해 그 누구를
한번도 사랑하지 않았다는 거

젊은 시절, 내가 자청한 고난도
그 누구를 위한 헌신은 아녔다
나를 위한 헌신, 한낱 도덕이 시킨 경쟁심;
그것도 파워랄까, 그것마저 없는 자들에겐
희생은 또 얼마나 화려한 것이었겠는가

그러므로 나는 아무도 사랑하지 않았다

그 누구도 걸어 들어온 적 없는 나의 폐허;

다만 죽은 짐승 귀에 모래의 말을 넣어주는 바람이

떠돌다 지나갈 뿐

나는 이제 아무도 기다리지 않는다

그 누구도 나를 믿지 않으며 기대하지 않는다

황지우

기호, 만화, 사진, 다양한 서체 등을 사용해 시 형태를 파괴함으로써 풍자시의 새로운 지평을 연 것으로 평가받고 있는 황지우는 1952년 전남 해남에서 태어났다. 광주제일고등학교, 서울대학교 미학과를 졸업했다. 서울대 재학 시절 문리대 문학회에 가입해 문학 활동을 시작했다. 1973년 유신반대 시위에 연루돼 강제 입영했다. 1980년 광주민주화운동에 가담한 혐의로 구속됐고 1981년 서울대학교 대학원에서 제적돼 서강대학교 철학과에 입학했다. 1988년 서강대학교 미학과 박사과정에 입학했고 1994년 한신대학교 문예창작과 교수를 거쳐 1997년부터 한국예술종합학교 연극원 교수로 활동했다. 『새들도 세상을 뜨는구나』(1983) 『나는 너다』(1987) 『게 눈 속의 연꽃』(1990) 『어느 날 나는 흐린 주점에 앉아 있을 거다』(1998) 등의 시집이 있다. 『어느 날 나는 흐린 주점에 앉아 있을 거다』에 실린 「뼈아픈 후회」로 김소월문학상을 수상했다.

29

울음이 타는 가을강

마음도 한자리 못 앉아 있는 마음일 때,
친구의 서러운 사랑 이야기를
가을 햇볕으로나 동무 삼아 따라가면,
어느새 등성이에 이르러 눈물나고나.

제삿날 큰집에 모이는 불빛도 불빛이지만,
해질녘 울음이 타는 가을강을 보겠네.

저것 봐, 저것 봐,
너보다도 나보다도
그 기쁜 첫사랑 산골 물소리가 사라지고
그 다음 사랑 끝에 생긴 울음까지 녹아나고
이제는 미칠 일 하나로 바다에 다 와 가는
소리 죽은 가을강을 처음 보겠네.

박재삼

　1933년 도쿄에서 태어난 박재삼은 경남 삼천포에서 자랐다. 고려대학교 국문과를 중퇴했고 1953년 시「강물에서」(모윤숙에 의해《문예》에 추천), 1955년 시「정적」(서정주에 의해《현대문학》에 추천), 같은 해 시조「섭리」(유치환에 의해《현대문학》에 추천)로 등단했다. 시집으로는『햇빛 속에서』(1970)『천년의 바람』(1975)『어린것들 옆에서』(1976)『추억에서』(1983)『아득하면 되리라』(1984)『내 사랑은』(1985)『대관령 근처』(1985)『찬란한 미지수』(1986)『바다 위 별들이 하는 짓』(1987)『박재삼 시집』(1987)『사랑이여』(1987)『울음이 타는 가을강』(1987)『다시 그리움으로』(1996)『사랑하는 사람을 남기고』(1997) 등 다수가 있다. 1997년 별세했다.

사람들은 왜 모를까

이별은 손끝에 있고
서러움은 먼 데서 온다
강 언덕 풀잎들이 돋아나며
아침 햇살에 핏줄이 일어선다
마른 풀잎들은 더 깊이 숨을 쉬고
아침 산그늘 속에
산벚꽃은 피어서 희다
누가 알랴 사람마다
누구도 닿지 않은 고독이 있는 것을
돌아 앉은 산들은 외롭고
마주 보는 산은 흰 이마가 서럽다
아픈 데서 피지 않은 꽃이 어디 있으랴
슬픔은 손끝에 닿지만
고통은 천천히 꽃처럼 피어난다
저문 산 아래
쓸쓸히 서 있는 사람아
뒤로 오는 여인이 더 다정하듯이
그리운 것들은 다 산 뒤에 있다
사람들은 왜 모를까 봄이 되면

손에 닿지 않는 것들이 꽃이 된다는 것을

김용택

1948년 전북 임실에서 태어났다. 순창농림고등학교 졸업 후 초등학교 교사로 근무했고 전북작가회 회장과 전북 환경운동 공동의장을 역임하기도 했다. 1982년 창작과비평사의 『21인의 신작시집』에 연작시 「섬진강」을 발표하면서 본격적인 작품 활동을 시작했다. 첫 시집 『섬진강』(1985)을 시작으로 『맑은 날』(1986) 『꽃산 가는 길』(1988) 『누이야 날이 저문다』(1988) 『그리운 꽃편지』(1989) 『마당은 비뚤어졌어도 장구는 바로 치자』(1991) 『그대, 거침없는 사랑』(1993) 『강 같은 세월』(1995) 『그 여자네 집』(1998) 『콩, 너는 죽었다』(1998) 등 다수의 시집을 내놓았다.

북 치는 소년

내용 없는 아름다움처럼

가난한 아희에게 온
서양 나라에서 온
아름다운 크리스마스카드처럼

어린 양(羊)들의 등성이에 반짝이는
진눈깨비처럼

김종삼

　1921년 황해도 은율에서 태어났다. 평양의 광성보통학교를 졸업한 후 일본의 도요시마상업학교에 진학했다. 영화 조감독으로 일했고 유치진에게 사사받아 연극의 음향효과를 맡기도 했다. 한국전쟁 때 대구에서 시인 김윤성의 추천으로 「원정」「돌각담」 등을 발표하며 등단했다. 1957년 전봉건, 김광림 등과 3인 연대시집 『전쟁과 음악과 희망과』를 묶었다. 1968년에는 문덕수, 김광림과 3인 연대시집 『본적지』를 발간했다. 『십이음계』 (1969) 『시인학교』(1977) 『누군가 나에게 물었다』(1982) 등의 시집이 있다. 1984년 세상을 떠난 후 『김종삼 전집』(1988)이 출간됐다.

한계령을 위한 연가

한겨울 못 잊을 사람하고
한계령쯤을 넘다가
뜻밖의 폭설을 만나고 싶다.
뉴스는 다투어 수십 년만의 풍요를 알리고
자동차들은 뒤뚱거리며
제 구멍들을 찾아가느라 법석이지만
한계령의 한계에 못 이긴 척 기꺼이 묶였으면

오오, 눈부신 고립
사방이 온통 흰 것뿐인 동화의 나라에
발이 아니라 운명이 묶였으면

이윽고 날이 어두워지면 풍요는
조금씩 공포로 변하고, 현실은
두려움의 색채를 드리우기 시작하지만
헬리콥터가 나타났을 때에도
나는 결코 손을 흔들지는 않으리

헬리콥터가 눈 속에 갇힌 야생조들과

짐승들을 위해 골고루 먹이를 뿌릴 때에도……
시퍼렇게 살아 있는 젊은 심장을 향해
까아만 포탄을 뿌려대던 헬리콥터들이
고라니나 꿩들의 일용할 양식을 위해
자비롭게 골고루 먹이를 뿌릴 때에도
나는 결코 옷자락을 보이지 않으리

아름다운 한계령에 기꺼이 묶여
난생 처음 짧은 축복에 몸 둘 바를 모르리

문정희

진명여고 재학 중 첫 시집『꽃숨』(1965)을 발간했던 문정희는 1947년 전남 보성에서 태어났다. 동국대학교 국문과 및 동 대학원을 졸업했고 1969년《월간문학》신인상에 「불면」과 「하늘」이 당선되어 데뷔했다.『문 정희 시집』(1973)『혼자 무너지는 종소리』(1984)『아우내의 새』(1986) 『그리운 나의 집』(1987)『제 몸속에 살고있는 새를 꺼내주세요』(1990) 『남자를 위하여』(1996)『오라, 거짓 사랑아』(2001)『모든 사랑은 첫사랑 이다』(2003)『양귀비꽃 머리에 꽂고』(2004)『나는 문이다』(2007)『찔레』 (2008) 등 다수의 시집이 있다.

"사방이 온통 흰 것뿐인 동화의 나라에
발이 아니라 운명이 묶였으면"

바닥

가을에는 바닥이 잘 보인다
그대를 사랑했으나 다 옛일이 되었다
나는 홀로 의자에 앉아
산 밑 뒤뜰에 가랑잎 지는 걸 보고 있다
우수수 떨어지는 가랑잎
바람이 있고 나는 눈을 감는다
떨어지는 가랑잎이
아직 매달린 가랑잎에게
그대가 나에게
몸이 몸을 만질 때
숨결이 숨결을 스칠 때
스쳐서 비로소 생겨나는 소리
그대가 나를 받아주었듯
누군가 받아주어서 생겨나는 소리
가랑잎이 지는데
땅바닥이 받아주는 굵은 빗소리 같다
후두둑 후두둑 듣는 빗소리가
공중에 무수히 생겨난다
저 소리를 사랑한 적이 있다

그러나 다 옛일이 되었다

가을에는 공중에도 바닥이 있다

문태준

1970년 경북 김천에서 태어났다. 김천고등학교를 졸업한 후 고려대학교 국문과를 졸업, 동국대학교 문화예술대학원 문예창작과에서 석사학위, 일반대학원 국어국문학과에서 박사학위를 받았다. 1994년《문예중앙》시인문학상에 당선되어 등단했다. 현재 '시힘' 동인으로 활동하고 있으며 동서문학상, 노작문학상, 유심작품상, 미당문학상, 소월시문학상, 서정시학작품상, 목월문학상 등을 수상했다. 『수런거리는 뒤란』(2000) 『맨발』(2004) 『가재미』(2006) 『그늘의 발달』(2008) 『먼 곳』(2012) 『우리들의 마지막 얼굴』(2015) 『내가 사모하는 일에 무슨 끝이 있나요』(2018) 등의 시집을 내놓았다.

즐거운 편지

1

내 그대를 생각함은 항상 그대가 앉아 있는 배경에서 해가 지고 바람이 부는 일처럼 사소한 일일 것이나 언젠가 그대가 한없이 괴로움 속을 헤매일 때에 오랫동안 전해 오던 그 사소함으로 그대를 불러보리라.

2

진실로 진실로 내가 그대를 사랑하는 까닭은 내 나의 사랑을 한없이 잇닿은 그 기다림으로 바꾸어버린 데 있었다. 밤이 들면서 골짜기엔 눈이 퍼붓기 시작했다. 내 사랑도 어디쯤에선 반드시 그칠 것을 믿는다. 다만 그때 내 기다림의 자세를 생각하는 것뿐이다. 그 동안에 눈이 그치고 꽃이 피어나고 낙엽이 떨어지고 또 눈이 퍼붓고 할 것을 믿는다.

황동규

  1938년 평남 숙천에서 태어난 황동규는 잘 알려진 대로 소설가 황순원의 아들이다. 서울대학교 명예교수이며 예술원 회원이기도 하다. 에든버러대학교 영문학(박사)을 공부했다. 1957년 서울고등학교를 졸업한 후 서울대학교 문리과대학에서 영어 영문학 학사 및 석사를 취득했다. 1968년부터 서울대학교에서 영문학을 강의했고 이후 미국 뉴욕대학교 객원교수로 활동했다. 1958년 《현대문학》에 「시월」 「즐거운 편지」 「동백나무」 등을 추천받아 등단했다. 시집으로는 『어떤 개인 날』(1961) 『삼남에 내리는 눈』(1975) 『나는 바퀴를 보면 굴리고 싶어진다』(1978) 『악어를 조심하라고?』(1986) 『풍장』(1995) 등이 있다.

세월이 가면

지금 그 사람의 이름은 잊었지만
그 눈동자 입술은
내 가슴에 있어.

바람이 불고
비가 올 때도
나는 저 유리창 밖
가로등 그늘의 밤을 잊지 못하지.

사랑은 가고
과거는 남는 것
여름날의 호숫가
가을의 공원
그 벤치 위에
나뭇잎은 떨어지고
나뭇잎은 흙이 되고
나뭇잎에 덮여서
우리들 사랑이 사라진다 해도
지금 그 사람 이름은 잊었지만

그의 눈동자 입술은

내 가슴에 있어

내 서늘한 가슴에 있건만.

박인환

　도시 문명의 우울과 불안을 감상적으로 노래한 박인환은 1926년 강
원도 인제에서 태어났다. 1944년 평양의학전문학교에 입학했지만 8·15광
복으로 학업을 중단, 상경하여 마리서사라는 서점을 경영하면서 김광균,
이한직, 김수영, 오장환 등과 만났다. 1946년 시 「거리」를 《국제신보》에
발표했고 1949년 김수영, 김경린 등과 함께 합동시집 『새로운 도시와 시
민들의 합창』을 묶어 냈다. 이 시집은 광복 후 본격적인 시인들의 등장을
알리는 신호탄이 됐다. 1955년 첫 시집 『박인환선시집』을 냈고 1950년
후반기 「살아 있는 것이 있다면」 「밤의 미매장(未埋葬)」 「목마와 숙녀」
등을 발표했다. 1956년 심장마비로 별세했는데 작고 일주일 전에 쓰여진
「세월이 가면」은 노래로 만들어졌다.

사월에 걸려온 전화

사춘기 시절 등교길에서 만나 서로 얼굴 붉히던 고 계집애
예년에 비해 일찍 벚꽃이 피었다고 전화를 했습니다.

일찍 핀 벚꽃처럼 저도 일찍 혼자가 되어
우리가 좋아했던 나이쯤 되는 아들아이와 살고 있는,
아내 앞에서도 내 팔짱을 끼며, 우리는 친구지
사랑은 없고 우정만 남은 친구지, 깔깔 웃던 여자 친구가
꽃이 좋으니 한 번 다녀가라고 전화를 했습니다.

한때의 화끈거리던 낯붉힘도 말갛게 지워지고
첫사랑의 두근거리던 시간도 사라지고
그녀나 나나 같은 세상을 살고 있다 생각했는데
우리 생에 사월 꽃잔치 몇 번이나 남았을까 헤아려보다
자꾸만 눈물이 났습니다.

그 눈물 감추려고 괜히 바쁘다며
꽃은 질 때가 아름다우니 그때 가겠다, 말했지만
친구는 너 울지, 너 울지 하면서 놀리다 저도 울고 말았습니다.

정일근

1958년 경남 진해에서 태어난 정일근은 경남대학교 국어교육학과를 졸업했다. 1984년 《실천문학》에 「야학일기」 등 7편의 시를 발표했고 이 듬해 《한국일보》 신춘문예에 「유배지에서 보내는 정약용의 편지」가 당선되어 등단했다. 시집으로는 『유배지에서 보내는 정약용의 편지』(1991) 『그리운 곳으로 돌아보라』(1994) 『경주 남산』(1998) 『누구도 마침표를 찍지 못한다』(2001) 『마당으로 출근하는 시인』(2003) 『오른손잡이의 슬픔』(2005) 『착하게 낡은 것의 영혼』(2006) 『기다린다는 것에 대하여』(2009) 『방!』(2013) 『소금 성자』(2015) 등 다수가 있다.

선운사에서

꽃이
피는 건 힘들어도
지는 건 잠깐이더군

골고루 쳐다볼 틈 없이
님 한번 생각할 틈 없이
아주 잠깐이더군

그대가 처음
내 속에 피어날 때처럼
잊는 것 또한 그렇게
순간이면 좋겠네

멀리서 웃는 그대여
산 넘어 가는 그대여

꽃이
지는 건 쉬워도
잊는 건 한참이더군

영영 한참이더군

최영미

　1992년《창작과비평》겨울호에 「속초에서」 외 7편을 발표하면서 작품
활동을 시작했다. 첫 시집『서른, 잔치는 끝났다』(1994)는 50만 부 이상
팔린 베스트셀러가 됐다. 시집으로『꿈의 페달을 밟고』(1998)『돼지들에
게』(2005)『도착하지 않은 삶』(2009)『이미 뜨거운 것들』(2013)이 있다.
첫 장편소설『흉터와 무늬』(2005)와 자전적인 소설『청동정원』(2014)을
내놓기도 했다. 또 삶과 여행, 그리고 예술에 관한 산문집『시대의 우울』
『우연히 내 일기를 엿보게 될 사람에게』『길을 잃어야 진짜 여행이다』
『아무도 하지 못한 말』 등을 펴냈다.

등뒤의 사랑

앞만 보며 걸어왔다.
걷다가 왜 그런 생각이 들었는지
모를 일이다. 고개를 돌리자
저만치 걸어가는 사람의 하얀 등이
보였다. 아, 그는 내 등뒤에서
얼마나 많은 날을 흐느껴
울었던 것일까. 그 수척한 등줄기에
상수리나무였는지 혹은 자작나무였는지,
잎들의 그림자가 눈물 자국처럼 얼룩졌다.
내가 이렇게 터무니없는 사랑을 좇아
끝도 보이지 않는 숲길을 앞만 보며
걸어올 때, 이따금 머리 위를 서늘하게
덮으며 내가 좇던 사랑의 환영으로
어른거렸던 그 어두운 그림자는
그의 슬픔의 그늘이었을까. 때때로
발목을 적시며 걸음을 무겁게 하던
그것은 그의 눈물이었을까.
그럴 때마다 모든 숲이
파르르 떨며 흐느끼던 그것은

무너지는 오열이었을까.

미안하다. 내 등뒤의 사랑

끝내 내가 좇던 사랑은
보이지 않고 이렇게 문득
오던 길을 되돌아보게 되지만
나는 달려가 차마 그대의
등을 돌려 세울 수가 없었다.

오인태

　1962년 경남 함양에서 태어났다. 진주교대 대학원을 졸업했고 경상대학교 대학원 박사과정에서 문학교육(교육학 박사)을 전공했다. 1991년 《녹두꽃》 3집을 통해 문단 활동을 시작했다. 1989년 전교조 활동으로 해직되었다가 1994년에 복직했다. 경남 남해교육지원청 교육지원과 장학사와 한국작가회의 경남 지회회장을 역임했다. 시집으로는 『그곳인들 바람불지 않겠나』(1992) 『혼자 먹는 밥』(1998) 『등뒤의 사랑』(2002) 『아버지의 집』(2006) 『별을 의심하다』(2011) 등이 있다. 60편의 시와 60편의 에세이 그리고 저자가 직접 차린 60개의 밥상으로 구성한 산문집 『시가 있는 밥상』을 펴내기도 했다.

"때때로

발목을 적시며 걸음을 무겁게 하던

그것은 그의 눈물이었을까."

2
외로운
황홀한

심사
이어니

●

떡 줄 사람에 관한 일화가 있다.

중학생 때 동네 학군 서정시 대회에서 우승해서 전국대회에 나간 일이 있었다. 전국의 내로라하는, 시 좀 쓴다는 학생들이 모두 올림픽경기장에 모였다. 두서너 개의 주제 중 하나를 선택해 두 시간 안에 작품을 제출하는 식이었다.

쓰면서 온몸에 전율이 느껴졌다. 제출하면서도 그랬다.

수상자는 5등부터 발표하기 시작했다. 3등까지 부르는데, 아무래도 느낌이 너무 좋아서 가방에 넣어두었던 번호표를 찾아 꺼냈다.

2등이 아니어서 다행이었다. 2등은 시시하니까.

장원도 아니었다.

돌아오는 길에 냉면과 김칫국을 시원하게 먹고 떡 줄 사람의 마음에 대해 깊이 명상했다.

진혜원

●

   나는 그토록 비를 좋아하면서도 정작 비에 관해 쓴 시가 거의 없다. 비 오는 날은 그냥 빗속에서 비를 살아버렸으므로 비를 다 탕진한 것이었다. 시에 데려다 쓸 비가 남지 않았던 것이다. 그래서 어쩌면 나는 생각하는 것이다. 사랑에 대해서 시를 쓰는 사람은 정작으론 사랑을 살아낸 사람이 아닐지도 모른다. 이별에 대해서 시를 쓰는 사람은 정작으론 이별을 살아낸 사람이 아닐지도 모른다.

   시인이란 그리하여 모름지기 견디는 사람이다. 비도 견디고, 사랑도 견디고, 이별도 견디고, 슬픔도 견디고, 쓸쓸함도 견디고, 죽음도 견디고…… 견디고 견디어서 마침내 시의 별자리를 남기는 사람이다. 다 살아내지 않고 조금씩 시에게 양보하는 사람이다. 시한테 가서 일러바치는 사람이다.

   류근

가난한 사랑 노래
—이웃의 한 젊은이를 위하여

가난하다고 해서 외로움을 모르겠는가
너와 헤어져 돌아오는
눈 쌓인 골목길에 새파랗게 달빛이 쏟아지는데.
가난하다고 해서 두려움이 없겠는가
두 점을 치는 소리
방범대원의 호각 소리 메밀묵 사려 소리에
눈을 뜨면 멀리 육중한 기계 굴러가는 소리.
가난하다고 해서 그리움을 버렸겠는가
어머님 보고 싶소 수없이 뇌어보지만
집 뒤 감나무에 까치밥으로 하나 남았을
새빨간 감 바람소리도 그려보지만.
가난하다고 해서 사랑을 모르겠는가
내 볼에 와 닿던 네 입술의 뜨거움
사랑한다고 사랑한다고 속삭이던 네 숨결
돌아서는 내 등 뒤에 터지던 네 울음.
가난하다고 해서 왜 모르겠는가
가난하기 때문에 이것들을
이 모든 것들을 버려야 한다는 것을.

신경림

　열아홉 어린 나이에 시인으로 등단했지만 첫 시집 『농무』(1973)를 서른일곱이 되어서야 자비로 세상에 내놓은 신경림은 1936년 충북 충주 태생이다. 백낙청은 시집 『농무』를 두고 "이제 우리는, 보아라 이런 시집도 있지 않은가, 라고 마음 놓고 말할 수 있게 되었다"고 평했다. 새로운 시대의 시인으로 자리매김되고 제1회 만해문학상을 수상했지만 신경림의 1970년대는 불운과 가난으로 힘겹게 점철됐다. 어려운 시절을 군말 없이 견디던 아내를 암으로 잃었고(첫 시집이 나오는 것을 보지 못한 채) 1년 뒤에는 할머니가, 또 한 해가 지나지 않아 병중에 있던 아버지마저 세상을 버린다. 『새재』(1979) 『달 넘세』(1985) 『남한강』(1987) 등의 시집이 있다. 현재 동국대학교 석좌교수다.

풀벌레들의 작은 귀를 생각함

텔레비전을 끄자
풀벌레 소리
어둠과 함께 방 안 가득 들어온다
어둠 속에서 들으니 벌레 소리들 환하다
별빛이 묻어 더 낭랑하다
귀뚜라미나 여치 같은 큰 울음 사이에는
너무 작아 들리지 않는 소리도 있다
그 풀벌레들의 작은 귀를 생각한다
내 귀에는 들리지 않는 소리들이 드나드는
까맣고 좁은 통로들을 생각한다
그 통로의 끝에 두근거리며 매달린
여린 마음들을 생각한다
발뒤꿈치처럼 두꺼운 내 귀에 부딪쳤다가
되돌아간 소리들을 생각한다
브라운관이 뿜어낸 현란한 빛이
내 눈과 귀를 두껍게 채우는 동안
그 울음소리들은 수없이 나에게 왔다가
너무 단단한 벽에 놀라 되돌아갔을 것이다
하루살이들처럼 전등에 부딪쳤다가

바닥에 새카맣게 떨어졌을 것이다

크게 밤공기 들이쉬니

허파 속으로 그 소리들이 들어온다

허파도 별빛이 묻어 조금은 환해진다

김기택

　1957년 경기도 안양에서 태어났다. 1989년 《한국일보》 신춘문예에
시 「꼽추」가 당선되어 작품 활동을 시작했다. 중앙대학교 영문과를 졸업
했고 경희대학교 대학원에서 국어국문학 박사학위를 취득했다. 경희 사
이버대학교 미디어문예창작과 교수이기도 하다. 김수영문학상, 현대문학
상, 미당문학상, 지훈상 등을 수상했다. 시집으로 『태아의 잠』(1991) 『사
무원』(1999) 『소』(2005) 『껌』(2009) 『갈라진다 갈라진다』(2012) 『울음소
리만 놔두고 개는 어디로 갔나』(2018) 등이 있다.

반성 673

우리 식구를 우연히 밖에서 만나면
서럽다

어머니를 보면, 형을 보면
밍키를 보면
서럽다.

밖에서 보면
버스간에서, 버스 정류장에서

병원에서, 경찰서에서……
연기 피어오르는

동네 쓰레기통 옆에서.

김영승

　1959년 10월 인천에서 태어났다. 성균관대학교 철학과를 졸업한 후 1986년 계간 《세계의문학》을 통해 「반성서」 외 3편의 시를 발표하면서 등단했다. 등단 초기에는 황지우, 박남철 등과 함께 해체주의자로 평가받기도 했다. 현대인의 가치관과 비합리적인 사회, 인간의 모순을 풍자적으로 묘사한 '반성' 연작은 김영승 시의 출발점이다. 시집으로는 『반성』(1987) 『취객의 꿈』(1988) 『아름다운 폐인』(1991) 『몸 하나의 사랑』(1994) 『권태』(1994) 『무소유보다 더 찬란한 극빈』(2001) 『화창』(2008) 『흐린 날 미사일』(2013) 등이 있다. 현대시작품상, 불교문예작품상, 지훈상, 이용악문학상 등을 수상했다.

낙화

가야 할 때가 언제인가를
분명히 알고 가는 이의
뒷모습은 얼마나 아름다운가.

봄 한철
격정을 인내한
나의 사랑은 지고 있다.

분분한 낙화······
결별이 이룩하는 축복에 싸여
지금은 가야 할 때,

무성한 녹음과 그리고
머지않아 열매 맺는
가을을 향하여

나의 청춘은 꽃답게 죽는다.

헤어지자.

섬세한 손길을 흔들며

하롱하롱 꽃잎이 지는 어느 날

나의 사랑, 나의 결별,

샘터에 물 고이듯 성숙하는

내 영혼의 슬픈 눈.

이형기

　1933년 경남 진주시에서 태어난 이형기는 동국대학교 불교학과를 졸업한 후 《연합신문》《동양통신》《서울신문》《국제신문》을 거친 언론인이자 교수였다. 1950년 《문예》에 「비오는 날」로 추천을 받고 이듬해 「코스모스」와 「강가에서」로 서정주와 모윤숙의 추천을 받아 등단했다. 당시 나이 16세였다. 1994년 뇌졸중으로 투병을 하면서도 아내 조은숙 씨의 도움을 받아 시집 『절벽』(1998)을 내놓기도 했다. 2005년 2월 서울 도봉구에서 타계했다. 『돌베개의 시』(1971) 『꿈꾸는 한발』(1975) 『풍선 심장』(1981) 『보물섬의 지도』(1985) 『존재하지 않는 나무』(2000) 등의 시집을 발간했다.

출처

바람이 제 살을 찢어 소리를 만들듯
그리운 건 다 상처에서 왔다

김주대

　1965년 경북 상주에서 태어난 김주대는 시인이자 문인화가다. 그의 말을 빌리자면 비행기만 다니는 마을, 고등학교 때에야 전깃불이 들어왔던 시골 마을에서 나고 자랐다. 1989년《민중시》를 통해 등단했다.『도화동 사십계단』(1990)『그대가 정말 이별을 원한다면 이토록 오래 수화기를 붙들고 울 리가 없다』(1991)『꽃이 너를 지운다』(2007)『나쁜, 사랑을 하다』(2009)『그리움의 넓이』(2012) 등의 시집이 있다.『시인의 붓』(2018)이라는 문인화첩도 내놓았다. 성균관대학교 국문과를 졸업했고 성균문학상과 심산문학상을 수상하기도 했다.

서울길

간다
울지 마라 간다
흰 고개 검은 고개 목마른 고개 넘어
팍팍한 서울길
몸 팔러 간다

언제야 돌아오리란
언제야 웃음으로 화안히
꽃 피어 돌아오리란
댕기 풀 안스러운 약속도 없이
간다
울지 마라 간다
모질고 모진 세상에 살아도
분꽃이 잊힐까 밀 냄새가 잊힐까
사뭇사뭇 못잊을 것을
꿈꾸다 눈물 젖어 돌아올 것을
밤이면 별빛 따라 돌아올 것을

간다

울지 마라 간다

하늘도 시름겨운 목마른 고개 넘어

팍팍한 서울길

몸 팔러 간다.

김지하

　1941년 2월 전남 목포의 동학농민운동가의 집안에서 태어났다. 1959년
서울대학교 미학과에 입학, 이듬해 4·19혁명에 참가한 뒤, 민족통일전국
학생연맹 남쪽 학생 대표가 되었고 5·16군사정변 이후에는 수배를 피해
부두 노동자나 광부 등으로 일하며 도피 생활을 했다. 지하에서 활동한
다는 의미의 필명 '지하'로 1963년 《목포문학》에 「저녁 이야기」를 발표
했고, 도피 생활을 청산하고 복학하면서 전투적인 시를 발표하기 시작했
다. 1960년대와 1970년대에는 반체제 저항시인으로, 1980년대 중반부
터는 생명 사상가로 활동했다. 시집으로는 『황토』(1970) 『타는 목마름으
로』(1982) 『이 가문 날에 비구름』(1988) 『별밭을 우러르며』(1989) 등이
있다.

저녁눈

늦은 저녁때 오는 눈발은 말집 호롱불 밑에 붐비다

늦은 저녁때 오는 눈발은 조랑말 발굽 밑에 붐비다

늦은 저녁때 오는 눈발은 여물 써는 소리에 붐비다

늦은 저녁때 오는 눈발은 변두리 빈터만 다니며 붐비다.

박용래

　1925년 충남 논산에서 태어났다. 1943년 강경상업학교를 졸업, 조선 은행에 취직했다가 광복 이후 사임했다. 1946년 일본에서 귀국한 김소운을 만나 문학을 배우기 시작했다. 향토문인들과 '동백시인회'를 조직하여 동인지 《동백》을 간행하면서 시를 발표했다. 1955년 박두진의 추천으로 《현대문학》에 「가을의 노래」를 선보였다. 1969년 한국시인협회가 주관하여 발간한 '오늘의 한국시인선집' 중 하나인 첫 시집 『싸락눈』을 출간했다. 눈물의 시인으로 유명하다. 1980년 별세 후 1984년 대전 사정 공원 안에 시비가 세워졌는데 여기에 「저녁눈」이 새겨져 있다.

별 헤는 밤

계절이 지나가는 하늘에는
가을로 가득차 있습니다.

나는 아무 걱정도 없이
가을 속의 별들을 다 헤일 듯합니다.

가슴속에 하나 둘 새겨지는 별을
이제 다 못 헤는 것은
쉬이 아침이 오는 까닭이요
내일 밤이 남은 까닭이요
아직 나의 청춘이 다하지 않은 까닭입니다.

별 하나에 추억과
별 하나에 사랑과
별 하나에 쓸쓸함과
별 하나에 동경과
별 하나에 시와
별 하나에 어머니, 어머니

어머님, 나는 별 하나에 아름다운 말 한 마디씩 불러 봅니다. 소학교 때 책상을 같이 했든 아이들의 이름과, 패(佩), 경(鏡), 옥(玉) 이런 이국 소녀들의 이름과, 벌써 애기 어머니된 계집애들의 이름과, 가난한 이웃 사람들의 이름과 비둘기, 강아지, 토끼, 노새, 노루, 프랑시스 짬, 라이너 마리아 릴케 이런 시인의 이름을 불러 봅니다.

이네들은 너무나 멀리 있습니다.
별이 아슬히 멀듯이

어머님
그리고 당신은 멀리 북간도(北間島)에 계십니다.

나는 무엇인지 그리워
이 많은 별빛이 나린 언덕 우에
내 이름자를 써 보고
흙으로 덮어 버리었습니다.

따은 밤을 새워 우는 벌레는

부끄러운 이름을 슬퍼하는 까닭입니다.

그러나 겨울이 지나고 나의 별에도 봄이 오면
무덤 우에 파란 잔디가 피어나듯이
내 이름자 묻힌 언덕 우에도
자랑처럼 풀이 무성할 게외다.

윤동주

1917년 북간도의 명동촌에서 태어났다. 1941년 서울 연희전문학교 문과를 졸업하고 일본으로 건너가 도쿄에 있는 릿쿄대학 영문과에 입학했다가 다시 도시샤대학 영문과로 옮겼다. 일본에서 공부를 하던 중 항일 운동을 했다는 혐의로 일본 경찰에 체포되어 2년형을 받고 복역하던 중 1943년 생을 마쳤다. 윤동주의 초간 시집은 하숙집 친구로 함께 지냈던 정병욱이 자필본을 보관하고 있다가 발간됐다. 그의 유작인 「쉽게 씌어진 시」는 사후에 《경향신문》에 게재됐다. 『하늘과 바람과 별과 시』는 1948년 정음사에서 출간됐다. 「서시」 「자화상」 「별 헤는 밤」 등이 대표적인 윤동주의 후기 작품이다.

잘 익은 사과

백 마리 여치가 한꺼번에 우는 소리
내 자전거 바퀴가 치르르치르르 도는 소리
보랏빛 가을 찬바람이 정미소에 실려온 나락들처럼
바퀴살 아래에서 자꾸만 빨아지는 소리
처녀 엄마의 눈물만 받아먹구 살다가
유모차에 실려 먼 나라로 입양 가는
아가의 뺨보다 더 차가운 한 송이 구름이
하늘에서 내려와 내 손등을 덮어주고 가네요
그 작은 구름에게선 천 년 동안 아직도
아가인 그 사람의 냄새가 나네요
내 자전거 바퀴는 골목의 모퉁이를 만날 때마다
둥글게 둥글게 길을 깎아내고 있어요
그럴 때마다 나 돌아온 고향 마을만큼
큰 사과가 소리없이 깎이고 있네요
구멍가게 노망든 할머니가 평상에 앉아
그렇게 큰 사과를 숟가락으로 파내서
잇몸으로 오물오물 잘도 잡수시네요

김혜순

1955년 경북 울진에서 태어났다. 강원대학교와 건국대학교 국문과를 졸업했다. 1978년《동아일보》신춘문예 평론 부문에 「시와 회화의 미학적 교류」가 입상해 비평 활동을 시작했다. 1979년 계간《문학과지성》에 「담배를 피우는 시인」 외 4편을 발표하면서 등단했다. 1998년 서울예술대학교 문예창작과 교수에 임용됐으며, 2019년 대한민국 최초로 캐나다 최고 권위의 그리핀 시 문학상을 수상했다. 수상 시집은 『죽음의 자서전』(2016)이다. 김수영문학상, 소월시문학상, 현대시작품상, 미당문학상, 대산문학상 등도 수상했다.

영진설비 돈 갖다 주기

막힌 하수도 뚫은 노임 4만원을 들고
영진설비 다녀오라는 아내의 심부름으로
두 번이나 길을 나섰다
자전거를 타고 삼거리를 지나는데 굵은 비가 내려
럭키슈퍼 앞에 섰다가 후두둑 비를 피하다가
그대로 앉아 병맥주를 마셨다
멀리 쑥국 쑥국 쑥국새처럼 비는 그치지 않고
나는 벌컥벌컥 술을 마셨다
다시 한번 자전거를 타고 영진설비에 가다가
화원 앞을 지나다가 문 밖 동그마니 홀로 섰는
자스민 한 그루를 샀다
내 마음에 심은 향기 나는 나무 한 그루
마침내 영진설비 아저씨가 찾아오고
거친 몇 마디가 아내 앞에 쏟아지고
아내는 돌아서 나를 바라보았다
그냥 나는 웃었고 아내의 손을 잡고 섰는
아이의 고운 눈썹을 보았다
어느 한쪽,
아직 뚫지 못한 그 무엇이 있기에

오늘도 숲속 깊은 곳에서 쑥국새는 울고 비는 내리고

홀로 향기 잃은 나무 한 그루 문 밖에 섰나

아내는 설거지를 하고 아이는 숙제를 하고

내겐 아직 멀고 먼

영진설비 돈 갖다 주기

박철

1960년 서울에서 태어났다. 단국대학교 국문과를 졸업했다. 1987년 창작과비평사의 《창비 1987》에 「김포」 외 14편의 시를 발표하면서 작품 활동을 시작했다. '시힘' 동인이자 《현대문학》에 단편 「조국에 드리는 탑」이 추천된 소설가이기도 하다. 시집으로는 『김포행 막차』(1990) 『밤 거리의 갑과 을』(1993) 『새의 전부』(1995) 『너무 멀리 걸어왔다』(1996) 『영진설비 돈 갖다 주기』(2001) 『험준한 사랑』(2005) 『사랑을 쓰다』(2007) 『불을 지펴야겠다』(2009) 『작은 산』(2013) 등이 있다.

바람이 불면

날이 저문다 바람이 분다
바람이 불면 한잔 해야지
붉은 얼굴로 나서고 싶다
슬픔은 아직 우리들의 것
바람을 피하면 또 바람
모래를 퍼내면 또 모래
앞이 막히면 또 한잔 해야지
타는 눈으로 나아가고 싶다
목마른 가슴은 아직 우리들의 것
어둠이 내리면 어둠으로 맞서고
노여울 때는 하늘 보고 걸었다

이시영

　1949년 전남 구례에서 태어났다. 서라벌예술대학교 문예창작과를 졸업한 후 고려대학교 대학원 국어국문학 석사과정을 수료했다. 1969년 《중앙일보》 신춘문예에 시조가 당선됐고 《월간문학》 신인작품 공모에 시가 당선되어 등단했다. 1980년 《창작과비평》 편집장으로 입사해 24년 동안 주간, 부사장 등의 직책을 맡았다. 『만월』(1976) 『바람 속으로』(1986) 『길은 멀다 친구여』(1988) 『이슬 맺힌 노래』(1991) 『무늬』(1994) 『사이』(1996) 『은빛 호각』(2003) 『바다호수』(2004) 『우리의 죽은 자들을 위해』(2007) 등의 시집을 발간했다.

행여 지리산에 오시려거든

행여 지리산에 오시려거든
천왕봉 일출을 보러 오시라
삼대 째 내리 적선한 사람만 볼 수 있으니
아무나 오지 마시고
노고단 구름바다에 빠지려면
원추리 꽃무리에 흑심을 품지 않는
이슬의 눈으로 오시라
행여 반야봉 저녁노을을 품으려면
여인의 둔부를 스치는 유장한 바람으로 오고
피아골의 단풍을 만나려면
먼저 온몸이 달아오른 절정으로 오시라
굳이 지리산에 오려거든
불일폭포의 물 방망이를 맞으러
벌 받는 아이처럼 등짝 시퍼렇게 오고
벽소령의 눈 시린 달빛을 받으려면
뼈마저 부스러지는 회한으로 오시라
그래도 지리산에 오려거든
세석평전의 철쭉꽃 길을 따라
온몸 불사르는 혁명의 이름으로 오고

최후의 처녀림 칠선계곡에는

아무 죄도 없는 나무꾼으로만 오시라

진실로 지리산에 오려거든

섬진강 푸른 산 그림자 속으로

백사장의 모래알처럼 겸허하게 오고

연하봉의 벼랑과 고사목을 보려면

툭하면 자살을 꿈꾸는 이만 반성하러 오시라

그러나 굳이 지리산에 오고 싶다면

언제 어느 곳이든 아무렇게나 오시라

그대는 나날이 변덕스럽지만

지리산은 변하면서도 언제나 첫 마음이니

행여 견딜 만하다면 제발 오지 마시라

이원규

1962년 경북 문경에서 태어났다. 1984년《월간문학》, 1989년《실천문학》으로 작품 활동을 시작했다. 『빨치산 편지』(1990) 『지푸라기로 다가와 어느덧 섬이 된 그대에게』(1993) 『돌아보면 그가 있다』(1997) 『옛 애인의 집』(2003) 『강물도 목이 마르다』(2008) 『행여 지리산에 오시려거든』(2015) 『달빛을 깨물다』(2019) 등의 시집과 산문집 『길을 지우며 길을 걷다』(2004) 등이 있다. 최근에는 시 사진집 『그대 불면의 눈꺼풀이여』(2019)를 펴낸 지리산 시인이다. 시는 발로 쓰는 것이라며 지리산을 비롯한 국토 곳곳을 누비며 시를 쓰고 야생화와 토종나무, 별을 렌즈에 담아왔다. 사진전을 다섯 차례나 연 사진가이기도 하다. 1998년부터 지리산에서 살고 있다.

"벽소령의 눈 시린 달빛을 받으려면
뼈마저 부스러지는 회한으로 오시라"

유리창 1

유리에 차고 슬픈 것이 어린거린다.
열없이 붙어 서서 입김을 흐리우니
길들은 양 언 날개를 파다거린다.
지우고 보고 지우고 보아도
새까만 밤이 밀려나가고 밀려와 부디치고,
물먹은 별이, 반짝, 보석처럼 백힌다.
밤에 홀로 유리를 닦는 것은
외로운 황홀한 심사이어니,
고흔 폐혈관이 찢어진 채로
아아, 늬는 산새처럼 날러갔구나!

정지용

　한국전쟁 때 납북된 뒤 행적이 묘연한 것으로 알려진 정지용은 1902년 충북 옥천에서 태어났다. 휘문고등보통학교에서 중등 과정을 이수한 후 일본으로 가 교토에 있는 도시샤대학에서 영문학을 전공했다. 1926년 유학생 잡지인 《학조》 창간호에 「카페 프란스」 등 9편의 시를 발표하면서 본격적인 문단 활동을 시작했고, 귀국 후 '시문학' '구인회' 등의 동인을 결성하여 활동했다. 1935년 첫 시집 『정지용 시집』을 출간했다. 1939년에는 《문장》의 추천위원이 되어 훗날의 청록파 시인들(박목월, 박두진, 조지훈)을 등단시키기도 했다. 정지용의 행적에 대한 무수한 추측과 오해로 논의조차 금지되다가 1988년 납·월북 작가의 작품에 대한 해금 조치로 작품집의 출판과 문학사적 논의가 가능해졌다. 그 후 민음사의 『정지용 전집』 세 권을 비롯한 많은 시집과 초판본, 연구서 들이 출간되었다.

푸른 밤

너에게로 가지 않으려고 미친 듯 걸었던
그 무수한 길도
실은 네게로 향한 것이었다

까마득한 밤길을 혼자 걸어갈 때에도
내 응시에 날아간 별은
네 머리 위에서 반짝였을 것이고
내 한숨과 입김에 꽃들은
네게로 몸을 기울여 흔들렸을 것이다

사랑에서 치욕으로,
다시 치욕에서 사랑으로,
하루에도 몇 번씩 네게로 드리웠던 두레박

그러나 매양 퍼올린 것은
수만 갈래의 길이었을 따름이다
은하수의 한 별이 또하나의 별을 찾아가는
그 수만의 길을 나는 걷고 있는 것이다

나의 생애는

모든 지름길을 돌아서

네게로 난 단 하나의 에움길이었다

나희덕

　1966년 충남 논산에서 태어난 나희덕은 연세대학교 국문과를 졸업하고 동 대학원에서 석사학위와 박사학위를 취득했다. 조선대학교 문예창작과 교수로 재직했고 현재는 서울과학기술대학교 문예창작과 교수다. 1989년 《중앙일보》 신춘문예에 시 「뿌리에게」가 당선되어 문단에 데뷔했다. 시집으로는 『뿌리에게』(1991) 『그 말이 잎을 물들였다』(1994) 『그곳이 멀지 않다』(1997) 『어두워진다는 것』(2001) 『사라진 손바닥』(2004) 『야생사과』(2009) 『말들이 돌아오는 시간』(2014) 『그녀에게』(2015) 『파일명 서정시』(2018) 등이 있다.

삭풍이 읽고 간 몇 줄의 시

　나는 정동진에도 가보지 못한 채 시를 썼다 동강(東江)에도 가보지 않고 시를 썼다 배롱나무도 모르고 시를 썼다 좌익도 우익도 아닌, 목 디스크 걸린 시인이 되어 15년 만의 강추위로 인적 끊긴 밤, 시집을 읽었다 행간의 기쁨과 슬픔, 노여움으로 추위를 견뎠다 언 손이 풀려 담배 몇 개비 태우고, 무심코 팔 뻗어 거실의 문을 여는 순간, 영하 18도의 바람이 단숨에 책갈피를 넘겨 몇 줄의 시를 읽고 사라졌다

　나는 언제나 추운 쪽으로 머리를 두고 시집을 읽었다
　얼음 속의 물고기는
　언제나 물이 흘러오는 쪽으로 머리를 두고 있다
　몸이 얼어도 죽지 않는 것들
　결빙(結氷)의 한시절을 견디는 것들
　영하 18도의 바람이 결빙의 하늘 속으로 데려간 문장들이 있다

오정국

1956년 경북 영양에서 태어났다. 중앙대학교 문예창작과와 동 대학원을 졸업했다. 1988년《현대문학》추천으로 등단했다. 시집으로는『저녁이면 블랙홀 속으로』(1992)『모래 무덤』(1997)『내가 밀어낸 물결』(2001)『멀리서 오는 것들』(2005)『파묻힌 얼굴』(2011)『눈먼 자의 동쪽』(2016) 등이 있다. 평론집으로는『시의 탄생, 설화의 재생』『비극적 서사의 서정적 풍경』『야생의 시학』이 있다.《대한매일신문》기자,《문화일보》문화부장을 거쳤다. 중앙대학교 문예창작과 겸임교수를 역임했으며 현재 한서대 미디어문예창작과 교수로 재직 중이다.

저문 강에 삽을 씻고

흐르는 것이 물뿐이랴
우리가 저와 같아서
강변에 나가 삽을 씻으며
거기 슬픔도 퍼다 버린다
일이 끝나 저물어
스스로 깊어가는 강을 보며
쭈그려 앉아 담배나 피우고
나는 돌아갈 뿐이다
삽자루에 맡긴 한 생애가
이렇게 저물고, 저물어서
샛강바닥 썩은 물에
달이 뜨는구나
우리가 저와 같아서
흐르는 물에 삽을 씻고
먹을 것 없는 사람들의 마을로
다시 어두워 돌아가야 한다

정희성

    군복무 시절이던 1970년《동아일보》신춘문예에 시 「변신」이 당선되어 등단한 정희성은 1945년 경남 창원에서 태어났다. 1964년 용산고등학교를 졸업하고 서울대학교 국문과에 입학, 대학을 졸업한 해에 군에 입대했다. 김수영문학상과 시와시학상, 만해문학상을 수상했다. 시집으로는 『답청』(1974) 『저문 강에 삽을 씻고』(1978) 『한 그리움이 다른 그리움에게』(1991) 『시를 찾아서』(2001) 『돌아다보면 문득』(2008) 『흰 밤에 꿈꾸다』(2019) 등이 있다. 16대 민족문학작가회의 이사장으로 선출됐으며 숭문고등학교에서 학생들을 가르쳤다.

낙화

꽃이 지기로소니
바람을 탓하랴.

주렴 밖에 성긴 별이
하나 둘 스러지고

귀촉도 울음 뒤에
머언 산이 다가서다.

촛불을 꺼야 하리
꽃이 지는데

꽃 지는 그림자
뜰에 어리어

하이얀 미닫이가
우련 붉어라.

묻혀서 사는 이의

고운 마음을

아는 이 있을까
저어하노니

꽃이 지는 아침은
울고 싶어라.

조지훈

　1920년 12월 경북 영양에서 태어났다. 본명은 조동탁이다. 1941년 혜화전문학교 문과를 졸업했고, 오대산 불교전문강원 강사를 거쳐 광복 후 조선청년문학가협회를 창립, 문총구국대 기획위원장, 한국시인협회장 등을 역임했다. 1947년부터 고려대 교수로 재직했다.《문장》에 「고풍의상」(1939)과 「봉황수」(1940)를 정지용의 추천으로 발표하면서 시단에 등단했다.『청록집』(공저, 1946)『풀잎 단장』(1952)『역사 앞에서』(1957)『여운』(1964) 등의 시집과『창에 기대어』(1958)『시와 인생』(1959)『지조론』(1962)『돌의 미학』(1964) 등의 수상집이 있다. 국문학자이기도 하다.

"꽃이 지기로소니
바람을 탓하랴."

3

산에서 우는 작은 새여

●

문학 시간에 시 낭송 과제가 있었다. 〈아메리칸 사이코〉라는 제목의 영화 팬들은 알겠지만, 가장 긴 시를 더듬지 않고 낭송해야 이기는 게임이다. 내 라이벌이 유치환의 「행복」을 준비한다는 소문이 돌았다. 에라 모르겠다. 윤동주의 「서시」로 갔다. 알고 보니 「행복」은 불륜남녀의 내면에 관한 작품이었다. 라이벌이 나보다 인생을 더 깊이 알았던 것이다.

진혜원

●

당신 문법의 아름다움은 어떤 슬픔에 대해서도 주어를 구사하지 않는다는 것이다. 그러니 나의 멸망에 대해 함부로 그리워하지 말라. 여기엔 누구도 껴안을 수 없는 나만의 피안이 있다. 곧 비가 내릴 것이고, 나는 아직 돌아가지 못하였다.

류근

개 같은 가을이

개 같은 가을이 쳐들어온다.
매독 같은 가을.
그리고 죽음은, 황혼 그 마비된
한쪽 다리에 찾아온다.

모든 사물이 습기를 잃고
모든 길들의 경계선이 문드러진다.
레코드에 담긴 옛 가수의 목소리가 시들고
여보세요 죽선이 아니니 죽선이지 죽선아
전화선이 허공에서 수신인을 잃고
한번 떠나간 애인들은 꿈에도 다시 돌아오지 않는다.

그리고 그리고 괴어 있는 기억의 폐수가
한없이 말 오줌 냄새를 풍기는 세월의 봉놋방에서
나는 부시시 죽었다 깨어난 목소리로 묻는다.
어디만큼 왔나 어디까지 가야
강물은 바다가 될 수 있을까.

최승자

1952년 충남 연기에서 태어났다. 고려대학교 독문과를 졸업했다. 1979년 시 「이 시대의 사랑」 외 4편의 시를 발표하며 등단했다. 2001년 이후 정신분열증을 앓으면서 한동안 시작 활동을 하지 못했다. 시집으로 『이 시대의 사랑』(1981) 『즐거운 일기』(1984) 『기억의 집』(1989) 『내 무덤, 푸르고』(1993) 『연인들』(1999) 『쓸쓸해서 머나먼』(2010) 『물 위에 씌어진』(2011) 『빈 배처럼 텅 비어』(2016) 등이 있다. 대산문학상과 지리산문학상, 편운문학상을 수상했다.

사평역에서

막차는 좀처럼 오지 않았다
대합실 밖에는 밤새 송이눈이 쌓이고
흰 보라 수수꽃 눈시린 유리창마다
톱밥난로가 지펴지고 있었다
그믐처럼 몇은 졸고
몇은 감기에 쿨럭이고
그리웠던 순간들을 생각하며 나는
한줌의 톱밥을 불빛 속에 던져주었다
내면 깊숙이 할 말들은 가득해도
청색의 손바닥을 불빛 속에 적셔두고
모두들 아무 말도 하지 않았다
산다는 것이 때론 술에 취한 듯
한 두름의 굴비 한 광주리의 사과를
만지작거리며 귀향하는 기분으로
침묵해야 한다는 것을
모두들 알고 있었다
오래 앓은 기침소리와
쓴 약 같은 입술담배 연기 속에서
싸륵싸륵 눈꽃은 쌓이고

그래 지금은 모두들

눈꽃의 화음에 귀를 적신다

자정 넘으면

낯설음도 뼈아픔도 다 설원인데

단풍잎 같은 몇 잎의 차창을 달고

밤열차는 또 어디로 흘러가는지

그리웠던 순간들을 호명하며 나는

한줌의 눈물을 불빛 속에 던져주었다.

곽재구

1954년 전남 광주에서 태어났다. 전남대학교 국문과를 졸업, 숭실대학교 대학원에서 한국 현대문학을 전공했다. 1981년 《중앙일보》 신춘문예에 시 「사평역에서」가 당선되어 문단에 데뷔했다. 시집으로는 『사평역에서』(1983) 『전장포 아리랑』(1985) 『한국의 연인들』(1986) 『서울 세노야』(1990) 『참 맑은 물살』(1995) 『꽃보다 먼저 마음을 주었네』(1999) 『와온 바다』(2012) 등을 출간했다. 어린이용 동화 『아기참새 찌꾸』와 기행산문집 『내가 사랑한 사람 내가 사랑한 세상』 『곽재구의 포구기행』 『곽재구의 예술기행』 등이 있다.

바닷가 우체국

바다가 보이는 언덕 위에

우체국이 있다

나는 며칠 동안 그 마을에 머물면서

옛사랑이 살던 집을 두근거리며 쳐다보듯이

오래오래 우체국을 바라보았다

키 작은 측백나무 울타리에 둘러싸인 우체국은

문 앞에 붉은 우체통을 세워두고

하루 내내 흐린 눈을 비비거나 귓밥을 파기 일쑤였다

우체국이 한 마리 늙고 게으른 짐승처럼 보였으나

나는 곧 그 게으름을 이해할 수 있었다

내가 이곳에 오기 아주 오래 전부터

우체국은 아마

두 눈이 짓무르도록 수평선을 바라보았을 것이고

그리하여 귓속에 파도 소리가 모래처럼 쌓였을 것이었다

나는 세월에 대하여 말하지만 결코

세월을 큰 소리로 탓하지는 않으리라

한번은 엽서를 부치러 우체국에 갔다가

줄지어 소풍 가는 유치원 아이들을 만난 적이 있다

내 어린 시절에 그랬던 것처럼

우체통이 빨갛게 달아오른 능금 같다고 생각하거나

편지를 받아먹는 도깨비라고

생각하는 소년이 있을지도 모르는 일이었다

그러다가 소년의 코밑에 수염이 거뭇거뭇 돋을 때쯤이면

우체통에 대한 상상력은 끝나리라

부치지 못한 편지를

가슴속 주머니에 넣어두는 날도 있을 것이며

오지 않는 편지를 혼자 기다리는 날이 많아질 뿐

사랑은 열망의 반대쪽에 있는 그림자 같은 것

그런 생각을 하다 보면

삶이 때로 까닭도 없이 서러워진다

우체국에서 편지 한 장 써보지 않고

인생을 다 안다고 말하는 사람들을 또 길에서 만난다면

나는 편지봉투의 귀퉁이처럼 슬퍼질 것이다

바다가 문 닫을 시간이 되어 쓸쓸해지는 저물녘

퇴근을 서두르는 늙은 우체국장이 못마땅해할지라도

나는 바닷가 우체국에서

만년필로 잉크 냄새 나는 편지를 쓰고 싶어진다

내가 나에게 보내는 긴 편지를 쓰는

소년이 되고 싶어진다

나는 이 세상에 살아남기 위해 사랑을 한 게 아니었다고

나는 사랑을 하기 위해 살았다고

그리하여 한 모금의 따뜻한 국물 같은 시를 그리워하였고

한 여자보다 한 여자와의 연애를 그리워하였고

그리고 맑고 차가운 술을 그리워하였다고

밤의 염전에서 소금 같은 별들이 쏟아지면

바닷가 우체국이 보이는 여관방 창문에서 나는

느리게 느리게 굴러가다가 머물러야 할 곳이 어디인가를
아는

우체부의 자전거를 생각하고

이 세상의 모든 길이

우체국을 향해 모였다가

다시 갈래갈래 흩어져 산골짜기로도 가는 것을 생각하고

길은 해변의 벼랑 끝에서 끊기는 게 아니라

훌쩍 먼바다를 건너기도 한다는 것을 생각한다

그리고 때로 외로울 때는

파도 소리를 우표 속에 그려넣거나

수평선을 잡아당겼다가 놓았다가 하면서

나도 바닷가 우체국처럼 천천히 늙어갔으면 좋겠다고 생각한다

안도현

1961년 경북 예천에서 태어났다. 1980년 원광대학교 국문과에 입학했고 1981년《대구매일신문》신춘문예에 시「서울로 가는 전봉준」이 당선되어 등단했다. 대학시절 최정주, 최문수, 권강주, 백학기, 이요섭, 이정하 등의 선후배들과 '원광문학회'를 결성해 활동했다. 대학 졸업 후 이리중학교 국어교사로 교직 생활을 시작했지만 전교조에 가입했다는 이유로 해직당했다. 1994년 복직됐지만 1997년 교사직을 그만두고 전업 작가가 됐다. 『서울로 가는 전봉준』(1985) 『모닥불』(1989) 『그리운 여우』(1997) 『바닷가 우체국』(1999) 등 다수의 시집이 있다. 현재 단국대학교 대학원 문예창작학과 교수로 재직 중이다.

꽃

내가 그의 이름을 불러 주기 전에는
그는 다만
하나의 몸짓에 지나지 않았다.

내가 그의 이름을 불러 주었을 때
그는 나에게로 와서
꽃이 되었다.

내가 그의 이름을 불러 준 것처럼
나의 이 빛깔과 향기에 알맞는
누가 나의 이름을 불러다오.
그에게로 가서 나도
그의 꽃이 되고 싶다.

우리들은 모두
무엇이 되고 싶다.
너는 나에게 나는 너에게
잊혀지지 않는 하나의 눈짓이 되고 싶다.

김춘수

　1922년 11월 경남 통영에서 태어나 2004년 별세했다. 통영보통공립
학교 졸업, 경기중학교를 거쳐 니혼대학 예술과에 입학했지만 1942년 퇴
학 처분을 당했다. 통영중과 마산고 교사, 경북대와 영남대 교수 등으로
재직했다. 1981년에는 국회의원으로 선출되기도 했다. 2000년 제1회 청
마문학상을 받았고 2004년 소월시문학상 특별상을 수상했다. 시집으
로는 『늪』(1950) 『기』(1951) 『꽃의 소묘』(1959) 『부다페스트에서의 소녀
의 죽음』(1959) 『타령조 기타』(1969) 『처용』(1974) 『김춘수시선』(1976)
『남천』(1977) 『비에 젖은 달』(1980) 『처용 이후』(1982) 『처용단장』(1991)
『서서 잠자는 숲』(1993) 『들림, 도스토예프스키』(1997) 『의자와 계단』
(1999) 등이 있다.

아름다운 관계

바위 위에 소나무가 저렇게 싱싱하다니
사람들은 모르지 처음엔 이끼들도 살 수 없었어
아무것도 키울 수 없던 불모의 바위였지
작은 풀씨들이 날아와 싹을 틔웠지만
이내 말라버리고 말았어
돌도 늙어야 품 안이 너른 법
오랜 날이 흘러서야 알게 되었지
그래 아름다운 일이란 때로 늙어갈 수 있기 때문이야
흐르고 흘렀던가
바람에 솔씨 하나 날아와 안겼지
이끼들과 마른 풀들의 틈으로
그 작은 것이 뿌리를 내리다니
비가 오면 바위는 조금이라도 더 빗물을 받으려
굳은 몸을 안타깝게 이리저리 틀었지
사랑이었지 가득 찬 마음으로 일어나는 사랑
그리하여 소나무는 자라서 푸른 그늘을 드리우고
바람을 타고 굽이치는 강물 소리 흐르게 하고
새들을 불러 모아 노랫소리 들려주고

뒤돌아본다

산다는 일이 그런 것이라면

삶의 어느 굽이에 나, 풀꽃 한 포기를 위해

몸의 한편 내어준 적 있었는가 피워본 적 있었던가

박남준

1957년 전남 영광군 법성포에서 태어났다. 전주대학교 영문과를 졸업했다. 1984년 시 전문지 《시인》을 통해 작품 활동을 시작했다. 시집으로는 『세상의 길가에 나무가 되어』(1990) 『풀여치의 노래』(1992) 『쓸쓸한 날의 여행』(1993) 『그 숲에 새를 묻지 못한 사람이 있다』(1995) 『다만 흘러가는 것들을 듣는다』(2000) 『적막』(2005) 등의 시집이 있다. 산문집으로는 『작고 가벼워질 때까지』 『별의 안부를 묻는다』 『나비가 날아간 자리』 『꽃이 진다 꽃이 핀다』가 있다.

행복

—사랑하는 것은
사랑을 받느니보다 행복하나니라.
오늘도 나는
에메랄드 빛 하늘이 환히 내다뵈는
우체국 창문 앞에 와서 너에게 편지를 쓴다.

행길을 향한 문으로 숱한 사람들이
제각기 한 가지씩 생각에 족한 얼굴로 와선
총총히 우표를 사고 전봇지를 받고
먼 고향으로 또는 그리운 사람께로
슬프고 즐겁고 다정한 사연들을 보내나니.

세상의 고달픈 바람결에 시달리고 나부끼어
더욱더 의지 삼고 피어 흥클어진 인정의 꽃밭에서
너와 나의 애틋한 연분도
한 망울 연련한 진홍빛 양귀비꽃인지도 모른다.

—사랑하는 것은
사랑을 받느니보다 행복하나니라.

오늘도 나는 너에게 편지를 쓰나니
─그리운 이여 그러면 안녕!
설령 이것이 이 세상 마지막 인사가 될지라도
사랑하였으므로 나는 진정 행복하였네리.

유치환

1908년 경남 거제에서 태어나 통영에서 자랐다. 극작가 유치진의 동생이기도 하다. 1931년 《문예월간》에 시 「정적」을 발표하며 등단했다. 초기의 대표작으로 꼽히는 「깃발」 「그리움」 「일월」 등이 수록된 첫 시집 『청마시초』를 1939년에 발간했다. 한국전쟁 당시에는 문총구국대의 일원으로 보병 3사단에 종군하며 『보병과 더불어』(1951)라는 시집을 내놓기도 했다. 1953년부터는 고향에 돌아가 줄곧 교직 생활을 했다. 또 다른 시집으로는 『울릉도』(1948) 『청령일기』(1949) 『청마시집』(1954) 『제9시집』(1957) 『뜨거운 노래는 땅에 묻는다』(1960) 『파도야 어쩌란 말이냐』(1965) 등이 있고 수상록으로는 『예루살렘의 닭』(1953)이 있다.

슬픔이 기쁨에게

나는 이제 너에게도 슬픔을 주겠다.
사랑보다 소중한 슬픔을 주겠다.
겨울밤 거리에서 귤 몇개 놓고
살아온 추위와 떨고 있는 할머니에게
귤값을 깎으면서 기뻐하던 너를 위하여
나는 슬픔의 평등한 얼굴을 보여주겠다.
내가 어둠속에서 너를 부를 때
단 한번도 평등하게 웃어주질 않은
가마니에 덮인 동사자가 다시 얼어 죽을 때
가마니 한장조차 덮어주지 않은
무관심한 너의 사랑을 위해
흘릴 줄 모르는 너의 눈물을 위해
나는 이제 너에게도 기다림을 주겠다.
이 세상에 내리던 함박눈을 멈추겠다.
보리밭에 내리던 봄눈들을 데리고
추위 떠는 사람들의 슬픔에게 다녀와서
눈 그친 눈길을 너와 함께 걷겠다.
슬픔의 힘에 대한 이야기를 하며
기다림의 슬픔까지 걸어가겠다.

정호승

1950년 경남 하동에서 태어났지만 대구에서 성장기를 보냈다. 고등학교 때 전국고교문예현상모집에서 「고교문예의 성찰」이라는 평론이 당선되어 문예장학금을 지급하는 경희대학교에 진학했다. 1973년《대한일보》신춘문예에 시 「첨성대」가 당선되어 등단했으며, 1982년《조선일보》신춘문예에 소설 「위령제」가 당선되어 소설가로도 등단했다. 『서울의 예수』(1982) 『새벽편지』(1987) 『별들은 따뜻하다』(1990) 『사랑하다가 죽어버려라』(1997) 『외로우니까 사람이다』(1998) 『눈물이 나면 기차를 타라』(1999) 『밥값』(2010) 『나는 희망을 거절한다』(2017) 등 다수의 시집을 내놓았다.

어머니의 아랫배를 내려다보다

음모를 본 적이 없었다 한때는 풍성했을까
지금은 듬성듬성 흰색과 갈색도 섞여 있는 음모
바퀴벌레 같은 희망과 토막 난 지렁이 같은 절망
며느리도 간호사도 인상 찌푸리게 하는
기저귀 가는 일과 사타구니 닦는 일
내 몸이 언젠가 저 구멍에서 나왔다니

알몸을 본 적이 없었다
젖가슴 크기를, 유두 색깔을 알 도리 없었다
염하는 중늙은이와 조수인 젊은 친구
무표정한 얼굴로 어머니 몸을 염포로 싸고 있다
체중 줄이지 못해 늘 힘겨워했던 당신의 몸
암세포가 덮친 말년의 고통 말해 주듯이
불룩했던 아랫배가 푹 꺼져있다 쭈글쭈글하다
30년 장사하는 동안
체중을 지탱했던 튼실한 두 다리
젓가락이 되어있다

염장이 중늙은이야 뭐 대수롭지 않겠지만

젊은 조수가 내려다보고 있는 어머니의 하체
내 치부를 드러낸 것보다 부끄러워
입안은 마른 염전이 되고
시선은 숨을 곳 찾아 자꾸 달아난다
곶감 같은 저 아랫배
언젠가는 홍시 같았을까
어머니도 아버지한테 이 말을 했을까
—이리 와서 이 배 좀 만져봐요
태동이 대단한 걸 보니 사내앤가 봐요

저 아랫배 그 언젠가
내 아버지를 달뜨게 했을 것이다
무덤처럼 솟아올랐을 것이다
아랫배 속에서 나 한때 웅크리고 있었겠지만
모레면 배부를 일 다신 없을 세상으로
어머니 저 몸을 불태워 보내드려야 한다

이승하

1960년 경북 의성에서 태어나 김천에서 성장했다. 1984년 《중앙일보》 신춘문예에 「화가 뭉크와 함께」로, 1989년 《경향신문》 신춘문예에 소설 「비망록」으로 각각 등단했다. 대한민국문학상과 지훈상, 중앙문학상, 편운문학상, 유심작품상(평론부문) 등을 수상했다. 1996년 중앙대학교 대학원에서 문학박사학위를 취득, 현재 중앙대학교 문예창작과 시 전공 교수로 재직 중이다.

"아랫배 속에서 나 한때 웅크리고 있었겠지만
모레면 배부를 일 다신 없을 세상으로"

어느 늦은 저녁 나는

어느
늦은 저녁 나는
흰 공기에 담긴 밥에서
김이 피어 올라오는 것을 보고 있었다
그때 알았다
무엇인가 영원히 지나가버렸다고
지금도 영원히
지나가버리고 있다고

밥을 먹어야지

나는 밥을 먹었다

한강

소설가이자 시인인 한강은 1970년 광주에서 태어났다. 풍문여고를 거쳐 연세대학교 국문과를 졸업했다. 1993년 문학잡지인 《문학과사회》에 시 「서울의 겨울」 등 4편을 발표했고 이듬해 《서울신문》 신춘문예에 소설 「붉은 닻」이 당선되며 등단했다. 2007년부터 2018년까지 서울예술대학교 문예창작과 교수로 재직했고 현재는 창작에 전념하고 있다. 소설가 한승원의 딸로 부녀가 이상문학상을 수상했다. 2016년 대산문화재단의 지원을 받아 영국에서 출간한 소설 『채식주의자』로 아시아 최초 맨부커상 인터내셔널 부문을 수상했다. 장편소설로는 『검은 사슴』(1998) 『그대의 차가운 손』(2002) 『채식주의자』(2007) 『바람이 분다 가라』(2010) 『희랍어 시간』(2011) 『소년이 온다』(2014) 등이 있으며 시집 『서랍에 저녁을 넣어 두었다』(2013)가 있다.

산유화

산에는 꽃 피네
꽃이 피네
갈 봄 여름 없이
꽃이 피네

산에
산에
피는 꽃은
저만치 혼자서 피어 있네

산에서 우는 작은 새여
꽃이 좋아
산에서
사노라네

산에는 꽃 지네
꽃이 지네
갈 봄 여름 없이
꽃이 지네

김소월

　1902년 평안북도 구성에서 태어났다. 본명은 김정식. 소월이 두 살 때 아버지가 철도를 부설하던 일본인 목도꾼들에게 폭행을 당해 정신병을 앓게 되어 광산업을 하던 할아버지의 보살핌을 받고 성장했다. 사립인 남산학교를 거쳐 오산학교 중학부에 다니던 중 3·1운동으로 학교가 임시 폐교되자 배재고등보통학교에 편입했다. 1923년 일본 도쿄상과대학 전문부에 입학, 9월 관동대지진을 겪고 중퇴했다. 귀국 후 할아버지가 경영하던 광산업을 도왔지만 가세가 크게 기울어졌고 《동아일보》 지국을 개설, 경영했으나 역시 실패했다. 1930년대 접어들어 작품 활동이 뜸해지면서 생활고와 삶에 대한 의욕이 저하돼 1934년 고향으로 돌아가 아편을 먹고 자살했다. 문단의 벗으로는 나도향이 있다.

풍경

1

비가 갠 거리, ××공업사의 간판 귀퉁이로 빗방울들이 모였다가 떨어져 고이고 있다. 오후의 정적은 작업복 주머니 모양 깊고 허름하다. 이윽고 고인 물은 세상의 끝자락들을 용케 잡아당겨서 담가놓는다. 그러다가 지나는 양복신사의 가죽구두 위로 옮겨간다. 머신유만 남기고 재빠르게 빌붙는다. 아이들은 땅바닥에 엉긴 기름을 보고 무지개라며 손가락으로 휘젓는다. 일주일이 지나도 지워지지 않는 지독한 무지개…… 것도 일종의 특허인지 모른다.

2

길 건너 약국에서 습진과 무좀이 통성명을 한다. 그들은 다 쓴 연고를 쥐어짜내듯이 겨우 팔을 뻗어 악수를 만든다. 전 얼마 전 요 앞으로 이사 왔죠. 예, 전 이 동네 20년 토박이입죠. 약국 밖으로 둘은 동시에 털처럼 삐져나온다. 이렇게 가까운 데 사는구만요. 가끔 엉켜보자구요, 흐흐흐. 인사를 받으면 반드시 웃음을 거슬러 주는 것이 이웃 간의 정리이다. 밤이 오면, 거리는 번지르르하게 윤나는 절지동물의 다리가 된다. 처방전만 하게 불 켜지는 창문들.

3

마주 보고 있는 불빛들은 어떤 악의도 서로 품지 않는다. 오히려 여인네들은 간혹 전화로 자기네들의 천진한 권태기를 확인한다. 가장들은 여태 귀가하지 않았다. 초점 없는 눈동자마냥 그녀들은 불안하다. 기다림의 부피란 언제나 일정하다. 이쪽이 체념으로 눌리면 저쪽에선 그만큼 꿈으로 부푼다. 거리는 한쪽 발을 들어 자정으로 무겁게 옮아간다. 가장들이 서류철처럼 접혀 귀가하고 있다.

심보선

시인이자 사회학자인 심보선은 1970년 서울에서 태어났다. 서울대학교 사회학과와 동 대학원 석사과정을 졸업했고 컬럼비아대학교 대학원 사회학과에서 박사학위를 받았다. 1994년《조선일보》신춘문예에 시「풍경」이 당선되었다. 시집으로는 『슬픔이 없는 십오 초』(2008) 『눈앞에 없는 사람』(2011) 『오늘은 잘 모르겠어』(2017)가 있고 산문집 『그을린 예술』(2013)이 있다.

밥

귀 떨어진 개다리소반 위에
밥 한 그릇 받아놓고 생각한다.
사람은 왜 밥을 먹는가.
살려고 먹는다면 왜 사는가.
한 그릇의 더운 밥을 얻기 위하여
나는 몇 번이나 죄를 짓고
몇 번이나 자신을 속였는가.
밥 한 그릇의 사슬에 매달려 있는 목숨.
나는 굽히고 싶지 않은 머리를 조아리고
마음에 없는 말을 지껄이고
가고 싶지 않은 곳에 발을 들여 놓고
잡고 싶지 않은 손을 잡고
정작 해야 할 말을 숨겼으며
가고 싶은 곳을 가지 못했으며
잡고 싶은 손을 잡지 못했다.
나는 왜 밥을 먹는가, 오늘
다시 생각하며 내가 마땅히
지켰어야 할 약속과 내가 마땅히
했어야 할 양심의 말들을

파기하고 또는 목구멍 속에 가두고

그 대가로 받았던 몇 번의 끼니에 대하여

부끄러워한다. 밥 한 그릇 앞에 놓고, 아아

나는 가룟 유다가 되지 않기 위하여

기도한다. 밥 한 그릇에

나를 팔지 않기 위하여.

장석주

충남 논산에서 1955년 태어난 장석주는 교련 시간에 집총을 거부, 고교를 중퇴했다. 1975년 《월간문학》에 「심야」, 1979년 《조선일보》 신춘문예에 「날아라 시간의 포충망에 붙잡힌 우울한 몽상이여」, 같은 해 《동아일보》 신춘문예에 문학평론 「존재와 초월」이 당선되어 등단했다. 청하출판사 대표로 승승장구하던 중 마광수의 소설 『즐거운 사라』의 발행인이었다는 이유로 음란문서 제작 및 반포 혐의를 받아 61일 동안 투옥됐다. 이후 출판사를 정리하고 전업 작가가 됐다. 『완전주의자의 꿈』(1981) 『붕붕거리는 추억의 한때』(1991) 『크고 헐렁헐렁한 바지』(1996) 『붉디 붉은 호랑이』(2005) 『헤어진 사람의 품에 얼굴을 묻고 울었다』(2019) 등 다수의 시집과 저서를 출간했다.

풀

풀이 눕는다
비를 몰아오는 동풍에 나부껴
풀은 눕고
드디어 울었다
날이 흐려서 더 울다가
다시 누웠다

풀이 눕는다
바람보다도 더 빨리 눕는다
바람보다도 더 빨리 울고
바람보다 먼저 일어난다

날이 흐리고 풀이 눕는다
발목까지
발밑까지 눕는다
바람보다 늦게 누워도
바람보다 먼저 일어나고
바람보다 늦게 울어도
바람보다 먼저 웃는다

날이 흐리고 풀뿌리가 눕는다

김수영

1921년 서울에서 태어났다. 선린상고를 졸업한 후 1941년 동경상대 전문부에 입학했지만 1943년 학병징집을 피해 귀국했다. 1944년 만주 길림성으로 이주해 길림 제육고에서 교원 생활을 했고 광복이 되자 귀국, 서울에 살면서 통역 일을 했다. 1945년 《예술부락》에 시 「묘정의 노래」를 발표했고 1949년 김경린, 박인환 등과 합동시집 『새로운 도시와 시민들의 합창』을 내놓았다. 시집 『달나라의 장난』(1959)이 있다. 1968년 교통사고로 갑자기 타계한 후 『거대한 뿌리』(1974) 『시여, 침을 뱉어라』 (1975) 등 몇 권의 시선집과 산문집이 나왔다.

갈매기 나라

　막차를 타고 어머니, 갈매기 나라에 갑니다. 갈매기 나라 엔 갈매기만 삽니다. 바람 부는 밤에 갈매기 나라가 보입니다. 내 머리가 갈매기 나라에 닿습니다. 이제 내 머리, 인간을 떠 나 갈매기와 함께 있으니, 갈매기는 끼룩거리며 바다의 상처를 알려줍니다. 눈물 한 방울이 썩어 마침내 바다가 됩니다. 바다, 밤마다 생의 플랑크톤 플랑크톤이 내 머리로 들어와 존재가 됩니다.

이승훈

1942년 강원도 춘천에서 태어났다. 춘천고등학교 재학시절 시인 이희철을 만나면서 동창인 전상국과 함께 습작기를 보냈다. 1961년 한양대학교 섬유공학과에 진학, 1964년 3학년 때 국문과로 전과했다. 1962년 박목월의 추천을 받아 《현대문학》에 시 「낮」을 발표했다. 대학 졸업 후 연세대학교 국문과 대학원에서 '이상 시 연구'로 문학박사학위를 취득, 춘천교육대학교 국어교육과 교수로 재직했다. 1980년부터는 모교인 한양대학교 국문과 교수로 지냈다. 2008년 교수직에서 퇴임한 후에는 암 투병을 하면서 불교와 깊은 인연을 맺었다. 이상시문학상, 현대불교문학상, 만해대상을 수상했다. 2018년 별세했다.

청산행

손 흔들고 떠나갈 미련은 없다
며칠째 청산에 와 발을 푸니
흐리던 산길이 잘 보인다.
상수리 열매를 주우며 인가(人家)를 내려다보고
쓰다 둔 편지 구절과 버린 칫솔을 생각한다.
남방(南方)으로 가다 길을 놓치고
두어 번 허우적거리는 여울물
산 아래는 때까치들이 몰려와
모든 야성을 버리고 들 가운데 순결해진다.
길을 가다가 자주 뒤를 돌아보게 하는
서른 번 다져 두고 서른 번 포기했던 관습들
서쪽 마을을 바라보면 나무들의 잔숨결처럼
가늘게 흩어지는 저녁 연기가
한 가정의 고민의 양식으로 피어 오르고
생목(生木) 울타리엔 들거미줄
맨살 비비는 돌들과 함께 누워
실로 이 세상을 앓아 보지 않은 것들과 함께
잠들고 싶다.

이기철

　1943년 경남 거창에서 태어났다. 영남대학교 국문과 및 동 대학원을 졸업했다. 대학교 2학년 때 전국대학생문예작품 현상 공모에 당선된 뒤 문학에 매진했다. 1972년 《현대문학》에 「5월에 들른 고향」 외 4편을 발표하면서 등단했다. 시집으로는 『낱말추적』(1974) 『청산행』(1982) 『지상에서 부르고 싶은 노래』(1993) 『열하를 향하여』(1995) 『유리의 나날』(1998) 『내가 만난 사람은 모두 아름다웠다』(2000) 『가장 따뜻한 책』(2005) 『정오의 순례』(2006) 『사람과 함께 이 길을 걸었네』(2008) 『잎, 잎, 잎』(2011) 등이 있다. 1980년부터 영남대학교 교수로 재직하다가 2008년에 정년퇴임했다. 현재 영남대학교 명예교수다.

식당에 딸린 방 한 칸

밤늦게 귀가할 때마다 나는 세상의 끝에 대해
끝까지 간 의지와 끝까지 간 삶과 그 삶의
사람들에 대해 생각하게 된다 귀가할 때마다
하루 열여섯 시간의 노동을 하는 어머니의 육체와
동시 상영관 두 군데를 죽치고 돌아온 내 피로의
끝을 보게 된다 돈 한푼 없어 대낮에 귀가할 때면
큰길이 뚫려 있어도 사방이 막다른 골목이다

옐로우 하우스 33호 붉은 벽돌 건물이 바로 집 앞인데
거기보다도 우리집이 더 끝이라는 생각이 든다
거기로 들어가는 사내들보다 우리집으로 들어가는 사내들이
더 허기져 보이고 거기에 진열된 여자들보다 우리집의
여자들이 더 지친 표정을 짓고 있기 때문만은 아니다
어머니 대신 내가 영계백숙 음식 배달을 나갔을 때
나 보고는 나보다도 수줍음 타는 아가씨는 명순씨
홍등 유리방 속에 한복 입고 앉은 모습은 마네킹 같고
불란서 인형 같아서 내 색시 해도 괜찮겠다 싶더니만
반바지 입고 소풍 갈 때 보니까 이건 순 어린애에다
쌍꺼풀 수술 자국이 터진 만두 같은 명순씨가 지저귀며

유곽 골목을 나서는 발걸음을 보면 밖에 나가서 연애할 때
우린 식당에 딸린 방 한 칸에 사는 가난뱅이라고
경쾌하게 말 못 하는 내가 더 끝이라는 생각이 든다

내가 제일 무서워하는 사람들은 강원연탄 노조원들이다
내가 말을 걸어본 지 몇 년째 되는 우리 아버지에게
아버님이라 부르고 용돈 탈 때만 말을 거는 어머니에게
어머님이라 부르는 놈들은 나보다도 우리 가정에 대해
가계에 대해 소상히 알고 있다 하루는 놈들이, 일부러
날 보고는 뒤돌아서서 내게 들리는 목소리로, 일부러
대학씩이나 나온 녀석이 놀구 먹구 있다고, 기생충
버러지 같은 놈이라고 상처를 준 적이 있는, 잔인한 놈들
지네들 공장에서 날아오는 연탄 가루 때문에 우리집 빨래가
햇빛 한번 못 쬐고 방구석 선풍기 바람에 말려진다는 걸
모르고, 놀구 먹기 때문에 내 살이 바짝바짝 마른다는 걸
모르고 하는 소리라고 내심 투덜거렸지만 할 말은
어떤 식으로든 다 하고 싸울 일은 투쟁해서 쟁취하는
그들에 비하면 그저 세상에 주눅들어 굽은 어깨
세상에 대한 욕을 독백으로 처리하는 내가 더 끝

절정은 아니고 없는 적을 만들어 창을 들고 달겨들어야만
긴장이 유지되는 내가 더 고단한 삶의 끝에 있다는 생각

집으로 들어서는 길목은 쓰레기 하치장이어서 여자를
만나고 귀가하는 날이면 그 길이 여동생들의 연애를
얼마나 짜증나게 했는지, 집을 바래다주겠다는 연인의
호의를 어떻게 거절했는지, 그래서 그 친구와 어떻게
멀어지게 되었는지 생각하게 된다 눈물을 꾹 참으며
아버지와 오빠의 등뒤에서 스타킹을 걷어올려야 하고
이불 속에서 뒤척이며 속옷을 갈아입어야 하는 여동생들을
생각하게 된다 보름 전쯤 식구들 가슴 위로 쥐가 돌아다녔고
모두 깨어 밤새도록 장롱을 들어내고 벽지를 찢어발기며
쥐를 잡을 때 밖에 나가서 울고 들어온 막내의 울분에 대해
울음으로써 세상을 견뎌내고야 마는 여자들의 인내에 대해
단칸방에 살면서 근친상간 한번 없는 안동김가(安東金哥)의
저력에 대해
아침녘 밥손님들이 들이닥치기 전에 제각기 직장으로
공원으로 술집으로 뿔뿔이 흩어지는 탈출의 나날에 대해
생각하게 된다 귀가할 때 혹 지인이라도 방문해 있으면

난 막다른 골목 담을 넘어 넘고넘어 멀리까지 귀양 떠난다

큰 도로로 나가면 철로가 있고 내가 사랑하는 기차가
있다 가끔씩 그 철로의 끝에서 다른 끝까지 처연하게
걸어다니는데 철로의 양끝은 흙 속에 묻혀 있다 길의
무덤을 나는 사랑한다 항구에서 창고까지만 이어진
짧은 길의 운명을 나는 사랑하며 화물 트럭과 맞부딪치면
여자처럼 드러눕는 기관차를 나는 사랑하는 것이며
뛰는 사람보다 더디게 걷는 기차를 나는 사랑한다
나를 닮아 있거나 내가 닮아 있는 힘 약한 사물을 나는
사랑한다 철로의 무덤 너머엔 사랑하는 서해(西海)가 있고
더 멀리 가면 중국이 있고 더더 멀리 가면 인도와
유럽과 태평양과 속초가 있어 더더더 멀리 가면
우리집으로 돌아오게 된다 세상의 끝에 있는 집
내가 무수히 떠났으되 결국은 돌아오게 된, 눈물겨운.

김중식

1967년 인천에서 태어났다. 인천 동산고등학교, 서울대학교 국문과를 졸업했다. 1990년《문학사상》으로 데뷔했고, 1993년 첫 시집 『황금빛 모서리』를 내놓았다. 이 시집은 독자들의 지지와 문단의 호평을 받았으나 이후 25년 동안 시를 발표하지 않았다. 1997년 경향신문사에 들어가 기자로 일하다가 2007년부터는 국정홍보처에서 공직 생활을 하기도 했다. 대통령 비서관실에서 참여정부 성과를 정리하는 책을 쓰고 대통령 연설문도 작성했다. 2012년부터는 3년 6개월 동안 주이란한국대사관에서 문화홍보관으로 일했다. 2018년에 두 번째 시집 『울지도 못했다』가 나왔다.

"큰길이 뚫려 있어도 사방이 막다른 골목이다"

4

나는

온몸에

풋내를

띄고

●

　숙제하듯 시를 쓸 수야 없지. 노동하듯 쓸 수는 더욱 없는 것이고. 그건 그저 세상에 온 시를 옮겨 적는 일, 그냥 시를 살아내는 일. 숙제하듯 저항을 일삼을 수는 없지. 의무처럼 저항할 수도 없는 것이고. 그건 그저 저절로 몸과 마음이 움직여지는 일, 그냥 저항을 살아내는 일.

　숙제하듯 죽음을 죽을 수도 없는 거지. 노동하듯 죽을 수는 더욱 없는 것이고. 그건 그저 내가 살아낸 삶 안에 본디 머무는 것, 그저 죽음을 살아내는 일. 숙제하듯 살지도 말고, 의무처럼 죽지도 말고, 노동처럼 연애하지도 말 것. 그냥 그것들 모두를 살아낼 것. 그게 지금 우리가 술 마시면서 결심할 모든 것이다.

　류근

●

　여자 땅꼬마 시절, 센 척하려고 씹던 껌 '에뜨랑제'는 국내외의 명시를 포장지에 곱게 새겨놓은 멋진 상품이었다. 그 껌이 내 마음에 시에 대한 사랑을 일깨워주었다. 그중 지금까지도 가장 좋아하는 작품은 기욤 아폴리네르의 「엽서」다.

　「엽서」는 제1차 세계대전 당시 서부전선의 참호전에 참전하여 독일군과 치열하게 총질을 주고받으면서 처연히 쓰러져가는 프랑스 젊은이들의 허무한 삶과, 그들이 과연 무엇을 위해 싸웠는지에 대한 시인의 깊은 회한이 담겨 있는 작품이다. 시인이 소속된 프랑스군은 처절한 투쟁 끝에 전쟁에서 이겼으나 시인은 총상의 후유증으로 종전 3일 전에 그만 사망하고 말았다.

　너무 땅꼬마여서 껌 씹을 때에는 이 작품을 왜 좋아했는지도 몰랐지만, 그 이후 내가 좋아하는 작품들은 모두 일관되게 결국은 허무할 것을 알면서도 가치를 위해 끝까지 신념을 잃지 않겠다는 각오에 관한 것이었다.

　진혜원

봄

기다리지 않아도 오고
기다림마저 잃었을 때에도 너는 온다.
어디 뻘밭 구석이거나
썩은 물웅덩이 같은 데를 기웃거리다가
한눈 좀 팔고, 싸움도 한판 하고,
지쳐 나자빠져 있다가
다급한 사연 들고 달려간 바람이
흔들어 깨우면
눈 부비며 너는 더디게 온다.
더디게 더디게 마침내 올 것이 온다.
너를 보면 눈부셔
일어나 맞이할 수가 없다.
입을 열어 외치지만 소리는 굳어
나는 아무것도 미리 알릴 수가 없다.
가까스로 두 팔을 벌려 껴안아보는
너, 먼데서 이기고 돌아온 사람아.

이성부

　300부 한정판으로 출간한 첫 시집 『이성부시집』(1969)으로 현대문학상을 수상한 이성부는 1942년 전남 광주에서 태어났다. 광주고등학교 재학 시절 《전남일보》 신춘문예에 시 「바람」이 당선됐다. 경희대학교 국문과를 졸업한 후 《한국일보》《일간스포츠》에서 28년간 기자 생활을 했다. 기자 생활을 접은 후에는 출판사 '뿌리깊은 나무'로 자리를 옮겨 1999년까지 편집 주간으로 재직했다. 김현승에게 사사받은 이성부는 《현대문학》에 시 「소모의 밤」 「백주」 「열차」로 김현승의 추천을 받아 등단했다. 『우리들의 양식』(1974) 『백제행』(1977) 『야간 산행』(1996) 등의 시집을 통해 민중의 강인한 생명력을 노래했다.

우리 살던 옛집 지붕

마지막으로 내가 떠나오면서부터 그 집은 빈집이 되었지만
강이 그리울 때 바다가 보고 싶을 때마다
강이나 바다의 높이로 그 옛집 푸른 지붕은 역시 반짝여주
곤 했다
가령 내가 어떤 힘으로 버림받고
버림받음으로 해서 아니다 아니다
이러는 게 아니었다 울고 있을 때
나는 빈집을 흘러나오는 음악 같은
기억을 기억하고 있다

우리가 살던 옛집 지붕에는
우리가 울면서 이름 붙여준 울음 우는
별로 가득하고
땅에 묻어주고 싶었던 하늘
우리 살던 옛집 지붕 근처까지
올라온 나무들은 바람이 불면
무거워진 나뭇잎을 흔들며 기뻐하고
우리들이 보는 앞에서 그해의 나이테를
아주 둥글게 그렸었다

우리 살던 옛집 지붕 위를 흘러

지나가는 별의 강줄기는

오늘밤이 지나면 어디로 이어지는지

그 집에서는 죽을 수 없었다

그 아름다운 천장을 바라보며 죽을 수 없었다

우리는 코피가 흐르도록 사랑하고

코피가 멈출 때까지 사랑하였다

바다가 아주 멀리 있었으므로

바다 쪽 그 집 벽을 허물어 바다를 쌓았고

강이 멀리 흘러나갔으므로

우리의 살을 베어내 나뭇잎처럼

강의 환한 입구로 띄우던 시절

별의 강줄기 별의

어두운 바다로 흘러가 사라지는 새벽

그 시절은 내가 죽어

어떤 전생으로 떠돌 것인가

알 수 없다

내가 마지막으로 그 집을 떠나면서

문에다 박은 커다란 못이 자라나

집 주위의 나무들을 못 박고

하늘의 별에다 못질을 하고

내 살던 옛집을 생각할 때마다

그 집과 나는 서로 허물어지는지도 모른다 조금씩

조금씩 나는 죽음 쪽으로 허물어지고

나는 사랑 쪽에서 무너져 나오고

알 수 없다

내가 바다나 강물을 내려다보며 죽어도

어느 밝은 별에서 밧줄 같은 손이

내려와 나를 번쩍

번쩍 들어올릴는지

이문재

1959년 경기도 김포시에서 출생했다. 경희대학교 국문과와 동 대학원을 졸업했다. 1982년 《시운동》에 「우리 살던 옛집 지붕」을 발표하며 문단에 등장했다. 이후 《시사저널》 취재부장과 계간 《문학동네》 편집 주간으로 활약했다. 추계예술대학교 문예창작과 겸임교수를 지냈으며 현재 경희대학교 후마니타스칼리지 교수다. 김달진문학상, 소월시문학상, 지훈상, 노작문학상 등을 수상했다. 시집은 『내 젖은 구두를 벗어 해에게 보여줄 때』(1988) 『마음의 오지』(1999) 『별빛 쏟아지는 공간』(2005) 『공간 가득 찬란하게』(2007) 등이 있다.

긍정적인 밥

시(詩) 한 편에 삼만 원이면
너무 박하다 싶다가도
쌀이 두 말인데 생각하면
금방 마음이 따뜻한 밥이 되네

시집 한 권에 삼천 원이면
든 공에 비해 헐하다 싶다가도
국밥이 한 그릇인데
내 시집이 국밥 한 그릇만큼
사람들 가슴을 따뜻하게 덥혀줄 수 있을까
생각하면 아직 멀기만 하네

시집이 한 권 팔리면
내게 삼백 원이 돌아온다
박리다 싶다가도
굵은 소금이 한 됫박인데 생각하면
푸른 바다처럼 상할 마음 하나 없네

함민복

　우연히 놀러 갔던 마니산이 너무 좋아 현재는 강화군 화도면 동막리
에 정착해 살고 있는 함민복은 1962년 충북 중원군 노은면에서 태어났
다. 수도전기공업고등학교를 졸업하고 월성원자력발전소에서 4년간 일
했다. 이후 서울예술대학교 문예창작과에 진학, 2학년 때인 1988년에
《세계의문학》에 「성선설」을 발표하며 등단했다. 1990년 첫 시집 『우울씨
의 일일』을 시작으로 『자본주의의 약속』(1993) 『모든 경계에는 꽃이 핀
다』(1996) 『말랑말랑한 힘』(2005) 『꽃봇대』(2011) 『눈물을 자르는 눈꺼
풀처럼』(2013)을 내놓았다. 윤동주문학상, 제비꽃서민시인상, 김수영문
학상, 박용래문학상 등을 수상했다.

병상록

병명도 모르는 채 시름시름 앓으며

몸져 누운 지 이제 10년.

고속도로는 뚫려도 내가 살 길은 없는 것이냐.

간(肝), 심(心), 비(脾), 폐(肺), 신(腎)……

오장(五臟)이 어디 한 군데 성한 데 없이

생물학 교실의 골격표본처럼

뼈만 앙상한 이 극한상황에서……

어두운 밤 턴넬을 지내는

디이젤의 엔진 소리

나는 또 숨이 가쁘다 열이 오른다

기침이 난다.

머리맡을 뒤져도 물 한 모금 없다.

하는 수 없이 일어나 등잔에 불을 붙인다.

방안 하나 가득찬 철모르는 어린것들.

제멋대로 그저 아무렇게나 가로세로 드러누워

고단한 숨결은 한창 얼크러졌는데

문득 둘째의 등록금과 발가락 나온 운동화가 어른거린다.

내가 막상 가는 날은 너희는 누구에게 손을 벌리랴.

가여운 내 아들딸들아,

가난함에 행여 주눅들지 말라.

사람은 우환에서 살고 안락에서 죽는 것,

백금 도가니에 넣어 단련할수록 훌륭한 보검(寶劍)이 된다.

아하, 새벽은 아직 멀었나 보다.

김관식

  1934년 충남 논산에서 태어났다. 1952년 강경상업고등학교를 졸업하고 충남대학교 토목공학과, 고려대학교 건축공학과를 거쳐 1953년 동국대학교 농과대학에 진학했지만 4학년 때 중퇴했다. 1955년 《현대문학》에 「연(蓮)」 「계곡에서」 「자하문 근처」 등의 시가 동서지간이었던 서정주의 추천을 받아 문단에 데뷔했다. 『낙화집』(1952) 『해 넘어가기 전의 기도』(공저, 1955) 『다시 광야에』(1976) 등의 저서가 있다. 1970년 37세로 요절했다.

안개

1

아침저녁으로 샛강에 자욱이 안개가 낀다.

2

이 읍에 처음 와본 사람은 누구나
거대한 안개의 강을 거쳐야 한다.
앞서간 일행들이 천천히 지워질 때까지
쓸쓸한 가축들처럼 그들은
그 긴 방죽 위에 서 있어야 한다.
문득 저 홀로 안개의 빈 구멍 속에
갇혀 있음을 느끼고 경악할 때까지.

어떤 날은 두꺼운 공중의 종잇장 위에
노랗고 딱딱한 태양이 걸릴 때까지
안개의 군단(軍團)은 샛강에서 한 발자국도 이동하지 않는다.
출근길에 늦은 여공들은 깔깔거리며 지나가고
긴 어둠에서 풀려나는 검고 무뚝뚝한 나무들 사이로
아이들은 느릿느릿 새어 나오는 것이다.

안개에 익숙하지 않은 사람들은 처음 얼마 동안
보행의 경계심을 늦추는 법이 없지만, 곧 남들처럼
안개 속을 이리저리 뚫고 다닌다. 습관이란
참으로 편리한 것이다. 쉽게 안개와 식구가 되고
멀리 송전탑이 희미한 동체를 드러낼 때까지
그들은 미친 듯이 흘러다닌다.

가끔씩 안개가 끼지 않는 날이면
방죽 위로 걸어가는 얼굴들은 모두 낯설다. 서로를 경계하며
바쁘게 지나가고, 맑고 쓸쓸한 아침들은 그러나
아주 드물다. 이곳은 안개의 성역(聖域)이기 때문이다.
날이 어두워지면 안개는 샛강 위에
한 겹씩 그의 빠른 옷을 벗어놓는다. 순식간에 공기는
희고 딱딱한 액체로 가득 찬다. 그 속으로
식물들, 공장들이 빨려들어가고
서너 걸음 앞선 한 사내의 반쪽이 안개에 잘린다.

몇 가지 사소한 사건도 있었다.
한밤중에 여직공 하나가 겁탈당했다.

기숙사와 가까운 곳이었으나 그녀의 입이 막히자
그것으로 끝이었다. 지난겨울엔
방죽 위에서 취객(醉客) 하나가 얼어 죽었다.
바로 곁을 지난 삼륜차는 그것이
쓰레기 더미인 줄 알았다고 했다. 그러나 그것은
개인적인 불행일 뿐, 안개의 탓은 아니다.

안개가 걷히고 정오 가까이
공장의 검은 굴뚝들은 일제히 하늘을 향해
젖은 총신(銃身)을 겨눈다. 상처 입은 몇몇 사내들은
험악한 욕설을 해대며 이 폐수의 고장을 떠나갔지만
재빨리 사람들의 기억에서 밀려났다. 그 누구도
다시 읍으로 돌아온 사람은 없었기 때문이다.

3
아침저녁으로 샛강에 자욱이 안개가 낀다.
안개는 그 읍의 명물이다.
누구나 조금씩은 안개의 주식을 갖고 있다.
여공들의 얼굴은 희고 아름다우며

아이들은 무럭무럭 자라 모두들 공장으로 간다.

기형도

시인이자 신문기자였던 기형도는 1960년 경기도 옹진군에서 태어났고 1989년 종로의 심야극장에서 숨진 채 발견됐다. 사인은 뇌졸중이었다. 연세대학교 정치외교학과를 졸업한 후《중앙일보》편집부, 문화부, 정치부 등을 섭렵했다. 1985년《동아일보》신춘문예를 통해 등단했다. 등단작은 「안개」였다. 작고한 해 5월에 유고시집인 『입 속의 검은 잎』이 문학과지성사를 통해 출간됐다. 1990년에는 1주기를 맞아 산문집 『짧은 여행의 기록』이 출간됐다.

텃새

하늘로 들어가는 길을 몰라
새는 언제나 나뭇가지에 내려와 앉는다
하늘로 들어가는 길을 몰라
하늘 바깥에서 노숙하는 텃새
저물녘 별들은 등불을 내거는데
세상을 등짐지고 앉아 깃털을 터는
텃새 한 마리
눈 날리는 내 꿈길 위로
새 한 마리
기우뚱 날아간다

김종해

1941년 부산에서 출생했다. 1963년《자유문학》신인상에 이어《경향신문》신춘문예로 등단했다. 현대문학상, 한국문학작가상, 한국시협회상 등을 수상했다. 시집으로는『인간의 악기』(1966)『신의 열쇠』(1971)『왜 아니 오시나요』(1979)『바람부는 날은 지하철을 타고』(1990)『눈송이는 나의 각을 지운다』(2013)『모두 허공이야』(2016)『그대 앞에 봄이 있다』(2017)『늦저녁의 버스킹』(2019) 등이 있다. 문학세계사 창립 대표와 제34대 한국시인협회 회장을 역임했다. 오랫동안 '못'을 주제로 시를 발표해 '못의 사제'로 불리는 시인 김종철의 형이다.

돌거울에

울고 싶은 날은 울게 하라
비어있는 가슴에
눈이 내리네

차운 돌거울에
이마를 얹고
바람에 떠는 너울자락
첫 설움 옷깃에 적시듯
흰 눈이 눈썹에 지네

비어있는 가슴에
썰물로 밀려든 그대
어둠 속에 그대 있음에
그대 목소리 있음에
그 가슴에 울게 하라
그 가슴에 울게 하라

김후란

　한국여성개발원장을 지낸 김후란은 1934년 서울에서 태어났다. 서울대학교 사범대학 가정교육과를 중퇴한 후 고려대학교 대학원에서 국어국문학 박사학위를 취득했다. 《한국일보》《서울신문》《경향신문》《부산일보》 기자를 거쳤다. 1954년 《경향신문》과 반공연맹이 주최한 전국대학생문예 콩쿠르 소설부에 입선해서 문단에 데뷔했다. 1960년 《현대문학》에 시 「오늘을 위한 노래」「문」「달팽이」가 추천돼 본격적인 작품 활동을 시작했다. 첫 시집 『장도와 장미』(1967), 두 번째 시집 『음계』(1971)에 이어 『어떤 파도』(1976) 『눈의 나라 시민이 되어』(1982) 『사람 사는 세상에』(1985) 『둘이서 하나이 되어』(1986) 『오늘을 위한 노래』(1987) 등을 내놓았다.

켄터키의 집 Ⅱ
—낙백(落魄)하여 죽은 친구를 생각하며

종점에서 내리면 네가 걸어간
길이 보인다 어둡고 외진 데를 건너가던
살별 하나 떨어져도 밤은 깊고 그 우물 속
소리 울리는 법 없고
캄캄하구나 시간은 거쳐 갈 더러운 이별도
저렇게 저문 하늘과 땅끝까지 맞닿아 있다

서두르자 우리 벗을 것 모두 헐벗었으니
알몸으로 흘러가면 네 양계장의 더욱 멀어지는 불빛
뿔뿔이 떠나 새벽 안개 속 몰매 속에서도 키운
그 불빛 빛나라고 등 뒤에서
세차게 싸락눈 흩뿌려 주는 것 아니다
누군들 우리 아닌 어떤 사람에게
맺으며 풀어 놓으며 헤어졌던 것들을
뒤적이게 하는 것은 나 또한 싫어한다

그러나 파묻은 것들 다 어둠 속에 사라져 가도
내가 나를 부르는 소리는
오늘 밤도 쫓기듯 빙판을 건너오는데

두고 힘낼 것 이 세상 속 그 무엇?

켄터키 켄터키 나직이 중얼거리며 이 노래에도 기대면서

우리는 한 지느러미도 없이 작은 길 따라

예까지 용케도 흘러 왔다

문득 스스로 와 닿는 집 속이 잠깐씩 들여다보인다

생각은 잠시 데워지나 몸엣것 다 빠져나갈수록

끝까지 내가 나를 헐어내야 할 이 고단한 외로움도 죄(罪)

무서워서 더욱 큰 죄 짓고 홀로 흘러야 할 밤은

막막하구나 너는

어느 물소리 속 몸 다시 웅크렸는지

거쳐 온 나날도 남겨진 슬픔 위에

저렇게 저문 하늘과 땅끝까지 맞닿아 있다

김명인

　1946년 경북 울진에서 태어났다. 고려대학교 국문과 졸업, 동 대학원에서 문학박사학위를 취득했다. 1973년《중앙일보》신춘문예에 「출항제」가 당선되어 데뷔했다. 김창완, 이동순, 정호승 등과 함께 '반시' 동인 활동을 했다. 동두천 일대 미군부대 기지촌 문제를 소재로 한 9편의 「동두천」 연작이 실린 『동두천』(1979)을 비롯하여 『머나먼 곳 스와니』 (1988) 『푸른 강아지와 놀다』(1994) 『길의 침묵』(1999) 『바다의 아코디언』(2002) 『파문』(2005) 『꽃차례』(2009) 등 다수의 시집이 있다. 김달진문학상, 소월시문학상, 동서문학상, 현대문학상, 이산문학상, 대산문학상, 이형기문학상, 지훈상 등을 수상했다. 경기대학교 국문과 교수와 고려대학교 문예창작과 교수를 역임했다.

"내가 나를 부르는 소리는
오늘 밤도 쫓기듯 빙판을 건너오는데"

나그네
—술 익는 강마을의
    저녁노을이여—지훈

강나루 건너서
밀밭 길을

구름에 달 가듯이
가는 나그네

길은 외줄기
남도 삼백 리

술 익는 마을마다
타는 저녁놀

구름에 달 가듯이
가는 나그네

박목월

　1915년 경북 월성군(지금의 경주시)에서 태어난 박목월의 본명은 박영종이다. 목월이라는 필명은 변영로의 호 수주(樹州)의 수(樹) 자에 포함된 목(木)과 소월에게서 월(月)을 따 지은 것이다. 1939년 《문장》으로 등단할 당시 정지용으로부터 '북의 소월, 남의 목월'이라는 극찬을 받았다. 1946년 『청록집』을 내면서 '청록파'라는 이름을 지상에 남겼다. 조지훈, 박두진, 이한직과 함께 《시문학》에 참여했지만 한국전쟁 때문에 창간호가 종간호가 되고 만다. 시집 『산도화』(1955)에 「나그네」를 발표했다. 1962년부터 한양대학교 국문학과 교수로 재직했다. 시집 『청담』(1964)으로 대한민국문예상 본상을 수상했다. 1973년에는 박남수, 김종길, 이형기, 김광림, 김종해, 이건청 등이 참여하는 시 전문지 《심상》을 발행했다. 『사력질』(1973) 『무순』(1976) 등의 시집을 내놓았다.

큰 산에 피는 꽃은 키가 작다

드디어 여기에 도착했다.
아직 만질 수 없고
닿지 않는 거리지만
기억하라, 수고로운 땀의 능선
긴 탄식의 강물을 지나
도처에 일어서는 철쭉의 시위
그리고 은밀한 안개의 방해를 뚫고
뿌리 깊숙히 이어지는 햇살을.
이제 더 이상의 악몽은 없다
그대여 상처받기 쉬운
지난날들을 되돌아보지 말자
그러나 한 생명도 빠뜨리지 않고
제각기 피어나 강력한 군집을 보라

거기 진리의 꽃무덤을 쌓고
다시 비바람치고 새 우는 저녁
스스로를 벼랑 위에 세운 채
자비를 구하며 지는 그늘 하나여.

임동확

1959년 전남 광산에서 태어났다. 신춘문예나 문예지 신인상 공모전 등의 통과의례 대신 1987년 시집 『매장시편』으로 작품 활동을 시작했다. 시집으로는 『살아 있는 날들의 비망록』(1990) 『운주사 가는 길』(1992) 『벽을 문으로』(1994) 『처음 사랑을 느꼈다』(1998) 『나는 오래전에도 여기 있었다』(2005) 『태초에 사랑이 있었다』(2013) 『길은 한사코 길을 그리워한다』(2015) 등이 있다. 산문집 『들키고 싶은 비밀』, 시론집 『사람이 꽃보다 아름다운 이유』 등도 내놓았다. 현재 한신대학교 문예창작과 교수로 재직 중이다.

옛 노트에서

그때 내 품에는
얼마나 많은 빛들이 있었던가
바람이 풀밭을 스치면
풀밭의 그 수런댐으로 나는
이 세계 바깥까지
얼마나 길게 투명한 개울을
만들 수 있었던가
물 위에 뜨던 그 많은 빛들,
좇아서
긴 시간을 견디어 여기까지 내려와
지금은 앵두가 익을 무렵
그리고 간신히 아무도 그립지 않을 무렵
그때는 내 품에 또한
얼마나 많은 그리움의 모서리들이
옹색하게 살았던가
지금은 앵두가 익을 무렵
그래 그 옆에서 숨죽일 무렵

장석남

1965년 인천 덕적도에서 태어났다. 서울예술대학교 문예창작과를 졸업하고 인하대학교 대학원 국문학과에서 박사과정을 수료했다. 현재 한양여대 문예창작과 교수로 재직 중이다. 1987년 《경향신문》 신춘문예에 시 「맨발로 걷기」가 당선되어 등단했다. 『새떼들에게로의 망명』(1991) 『지금은 간신히 아무도 그립지 않을 무렵』(1995) 『젖은 눈』(1998) 『왼쪽 가슴 아래께에 온 통증』(2001) 『미소는, 어디로 가시려는가』(2005) 『뺨에 서쪽을 빛내다』(2010) 『고요는 도망가지 말아라』(2012) 『꽃 밟을 일을 근심하다』(2017) 등의 시집이 있다. 김수영문학상, 현대문학상, 미당문학상, 김달진문학상, 상화시인상, 지훈상, 편운문학상 등을 수상했다.

빼앗긴 들에도 봄은 오는가

지금은 남의 땅— 빼앗긴 들에도 봄은 오는가?

나는 온몸에 햇살을 받고
푸른 하늘 푸른 들이 맞붙은 곳으로
가르마 같은 논길을 따라 꿈속을 가듯 걸어만 간다.

입술을 다문 하늘아 들아
내 맘에는 내 혼자 온 것 같지를 않구나.
네가 끌었느냐 누가 부르더냐 답답워라 말을 해다오.

바람은 내 귀에 속삭이며
한 자국도 섰지 마라 옷자락을 흔들고
종다리는 울타리 너머에 아씨같이 구름 뒤에서 반갑다
웃네.

고맙게 잘 자란 보리밭아
간밤 자정이 넘어 내리던 고운 비로
너는 삼단 같은 머리를 감았구나 내 머리조차 가뿐하다.

혼자라도 가쁜하게나 가자
마른 논을 안고 도는 착한 도랑이
젖먹이 달래는 노래를 하고 제 혼자 어깨춤만 추고 가네.

나비 제비야 깝치지 마라
맨드라미 들마꽃에도 인사를 해야지
아주까리 기름을 바른 이가 지심매던 그들이라 다 보고
싶다.

내 손에 호미를 쥐어다오
살찐 젖가슴과 같은 부드러운 이 흙을
발목이 시도록 밟아도 보고 좋은 땀조차 흘리고 싶다.

강가에 나온 아이와 같이
짬도 모르고 끝도 없이 닫는 내 혼아
무엇을 찾느냐 어디로 가느냐 우스웁다 답을 하려무나.

나는 온몸에 풋내를 띠고
푸른 웃음 푸른 설움이 어우러진 사이로

다리를 절며 하루를 걷는다 아마도 봄 신령이 잡혔나보다.

그러나 지금은— 들을 빼앗겨 봄조차 빼앗기겠네.

이상화

1901년 대구에서 태어난 이상화는 경성중앙학교를 졸업한 후 1922년 파리 유학을 목적으로 일본 동경에서 2년간 프랑스어와 프랑스 문학을 공부하다가 동경 대지진을 겪고 귀국했다. 21세에 현진건, 홍사용, 나도향, 박영희 등과 함께 '백조' 동인이 되어 본격적인 문단 활동을 시작했으며, 「말세의 희탄」 「단조」 「가을의 풍경」 「이중의 사망」 「나의 침실로」 등을 발표했다. 3·1운동 때 대구 학생봉기를 주도했다가 사전에 발각되어 실패했다. 43세에 위암으로 사망했다. 그의 시비는 1948년에 동향인 김소운의 발의로 대구 달성공원에 세워졌다.

의자

병원에 갈 채비를 하며
어머니께서
한 소식 던지신다

허리가 아프니까
세상이 다 의자로 보여야
꽃도 열매도, 그게 다
의자에 앉아 있는 것이여

주말엔
아버지 산소 좀 다녀와라
그래도 큰애 네가
아버지한테는 좋은 의자 아녔냐

이따가 침 맞고 와서는
참외밭에 지푸라기도 깔고
호박에 똬리도 받쳐야겠다
그것들도 식군데 의자를 내줘야지

싸우지 말고 살아라

결혼하고 애 낳고 사는 게 별거냐

그늘 좋고 풍경 좋은 데다가

의자 몇 개 내놓는 거여

이정록

1964년 충남 홍성군에서 태어났다. 공주사범대학교 한문교육과를 졸업했다. 1989년 《대전일보》 신춘문예에 시 「농부일기」가, 1993년 《동아일보》 신춘문예에 시 「혈거시대(穴居時代)」가 당선됐다. 『벌레의 집은 아늑하다』(1994) 『풋사과의 주름살』(1996) 『버드나무 껍질에 세들고 싶다』(1999) 『제비꽃 여인숙』(2001) 『의자』(2006) 『정말』(2010) 등의 시집을 내놓았다. 김수영문학상과 김달진문학상을 수상했다.

껍데기는 가라

껍데기는 가라.
사월도 알맹이만 남고
껍데기는 가라.

껍데기는 가라.
동학년(東學年) 곰나루의, 그 아우성만 살고
껍데기는 가라.

그리하여, 다시
껍데기는 가라.
이곳에선, 두 가슴과 그곳까지 내논
아사달 아사녀가
중립(中立)의 초례청 앞에 서서
부끄럼 빛내며
맞절할지니

껍데기는 가라.
한라에서 백두까지
향그러운 흙가슴만 남고

그, 모오든 쇠붙이는 가라.

신동엽

1930년 충남 부여에서 태어났다. 단국대학교 사학과를 거쳐 건국대학교 대학원을 수료했고 1959년《조선일보》신춘문예에 장시 「이야기하는 쟁기꾼의 대지」가 당선됐다. 1961년부터 명성여고 야간부 교사로 재직하면서 사회의 부조리와 허구성을 파헤치는 시를 지었다. 이후 장시 「아사녀」와 동학농민운동을 주제로 한 서사시 「금강」 등 작품 속에 강렬한 민중의 저항을 담아냈다. 특히 4·19혁명 정신을 되새긴 시 「껍데기는 가라」를 『52인 시집』(1967)에 담으면서 그의 저항 정신은 더욱 견고해졌다. 1969년 간암으로 사망하기 전까지 약 20여 편의 시를 발표했으며 사후 유작을 모아 출간된 『신동엽전집』(1975)이 있다.

그날

그날 아버지는 일곱 시 기차를 타고 금촌으로 떠났고
여동생은 아홉 시에 학교로 갔다 그날 어머니의 낡은
다리는 퉁퉁 부어올랐고 나는 신문사로 가서 하루 종일
노닥거렸다 전방은 무사했고 세상은 완벽했다 없는 것이
없었다 그날 역전에는 대낮부터 창녀들이 서성거렸고
몇 년 후에 창녀가 될 애들은 집일을 도우거나 어린
동생을 돌보았다 그날 아버지는 미수금 회수 관계로
사장과 다투었고 여동생은 애인과 함께 음악회에 갔다
그날 퇴근길에 나는 부츠 신은 멋진 여자를 보았고
사람이 사람을 사랑하면 죽일 수도 있을 거라고 생각했다
그날 태연한 나무들 위로 날아오르는 것은 다 새가
아니었다 나는 보았다 잔디밭 잡초 뽑는 여인들이 자기
삶까지 솎아내는 것을, 집 허무는 사내들이 자기 하늘까지
무너뜨리는 것을 나는 보았다 새점 치는 노인과 변통(便桶)의
다정함을 그날 몇 건의 교통사고로 몇 사람이
죽었고 그날 시내 술집과 여관은 여전히 붐볐지만
아무도 그날의 신음 소리를 듣지 못했다
모두 병들었는데 아무도 아프지 않았다

이성복

　1952년 경북 상주에서 태어났다. 1971년 서울대학교 불문과에 입학, 당시 젊은 문학평론가 김현과 운명적으로 만난다. 해군 복무 후 1977년 《문학과지성》에 「정든 유곽에서」로 등단, 1980년 과감한 시 문법의 파괴와 번뜩이는 비유로 평론가들을 놀라게 한 첫 시집 『뒹구는 돌은 언제 잠 깨는가』를 발표하여 김수영문학상을 수상했다. 이후 동양적 향기 물씬한 『남해 금산』(1986)을 펴냈고, 시 「숨길 수 없는 노래」(1990)로 소월 시문학상을 받았다. 계명대학교 문예창작과 교수로 재직하다가 2012년 정년퇴임했다.

대숲 아래서

1

바람은 구름을 몰고
구름은 생각을 몰고
다시 생각은 대숲을 몰고
대숲 아래 내 마음은 낙엽을 몬다

2

밤새도록 댓잎에 별빛 어리듯
그슬린 등피에는 네 얼굴이 어리고
밤 깊어 대숲에는 후득이다 가는 밤 소나기 소리
그러고도 간신이 사운대다 가는 밤바람 소리

3

어제는 보고 싶다 편지 쓰고
어젯밤 꿈엔 너를 만나 쓰러져 울었다
자고 나니 눈두덩엔 메마른 눈물 자국
문을 여니 산골엔 실비단 안개

4

모두가 내 것만은 아닌 가을,
해 지는 서녘구름만이 내 차지다
동구 밖에 떠드는 애들의
소리만이 내 차지다
또한 동구 밖에서부터 피어오르는
밤안개만이 내 차지다

하기는 모두가 내 것만은 아닌 것도 아닌
이 가을,
저녁밥 일찍이 먹고
우물가에 산보 나온
달님만이 내 차지다
물에 빠져 머리칼 헹구는
달님만이 내 차지다.

나태주

　1945년 충남 서천에서 태어난 나태주는 공주사범학교(현 공주교육대학교)를 졸업하고 43년간 초등학교 교사로 재직했다. 2007년에 황조근정훈장을 받으며 정년퇴임한 후 공주문화원 원장을 거쳐 현재 공주풀꽃문학관 지킴이다. 1971년 《서울신문》 신춘문예에 시 「대숲 아래서」가 당선되어 등단했다. 『대숲 아래서』(1973) 『막동리 소묘』(1980) 『사랑하는 마음 내게 있어도』(1985) 『그대 지키는 나의 등불』(1987) 『빈손의 노래』(1988) 『눈물난다』(1991) 『산촌엽서』(2002) 『조끔은 보랏빛으로 물들 때』(2005) 『물고기와 만나다』(2006) 『꽃이 되어 새가 되어』(2007) 『눈부신 속살』(2008) 『꽃을 보듯 너를 본다』(2015) 등 다수의 시집을 내놓았다.

"모두가 내 것만은 아닌 가을,
해 지는 서녘구름만이 내 차지다"

5
비로소

설움에

잠길

테요

●

집 외의 단일 장소로 가장 많이 방문한 곳을 찾자면 단연 광화문 교보문고라고 할 수 있다.

책이 많을 뿐만 아니라 페르시아 풍물시장 같은 느낌을 주는 신기한 물건을 많이 팔기 때문이다. 그렇지만 무엇보다도, 세종문화회관에서 횡단보도를 따라 걸어가는 길에 바라보이는 글판을 마주하는 순간이 주는 경이로움 때문이기도 하다는 사실을 부인할 수 없다.

"자세히 보아야 예쁘다"고, "너도 그렇다"고 속삭이는 글판이 눈 안에 들어온 날 잠시 스스로의 오징어성을 잊을 수 있었던 순간이 계속 떠오른다.

진혜원

새벽에 깨어나서 맑은 시인의 맑은 시를 읽다가 목이 메었다. 시인이란 처음부터 이 세상에 오래 머물지 않을 것을 선언한 자의 몫이라는 것을, 이 세상에 오래 머물지 못할 것을 깨달은 자의 몫이라는 것을 잊고 살았다.

새벽에 나는 맑은 시인의 맑은 시를 읽고, 맑은 시를 쓴 맑은 시인은 새벽도 저녁도 없는 나라에 가서 목이 메이고, 나는 호올로 옛 편지를 지우며 흐릿흐릿 흐느껴 운다. 그리운 먼 곳, 그리운 먼 곳…… 호올로 별을 끄듯 발음하며 흐느껴 운다.

새벽에 읽는 맑은 시여, 그러므로 시인이란 언 새벽 다녀가듯 그냥 머물다 가는 자리. 언 새벽 머물다 가듯 그냥 다녀가는 자리. 마침내 언 새벽 흐느끼듯 다녀가고야 마는 자리. 다녀가고야 마는 자리.

류근

앵두나무 아래 중얼거림

잔바람에도 파르르
몸을 떠는
흰 꽃잎 한 장 만나러
세상에 왔구나

겨우내 얼음장 하늘을 쩡, 쩡 깨뜨리던
새들의 핏멍 든 날갯짓 소리
메아리처럼 들려오는
이 시리디시린 빛의 여울목에

쌀을 씻어 밥을 안치고, 더러는
상처를 핥듯
더운 혀의 사랑을 나누고
숨 막히는, 숨 막히는 울음 끝에 목청을 틔워
나지막한 노래 한 자락
펼치며

먼 길을 돌아 왔구나
어느새 젖가슴 봉긋한 아이의 손을

부적처럼 꼭 쥐고

왔구나

전동균

1962년 경북 경주에서 태어났다. 중앙대학교 문예창작과 및 동 대학
원을 졸업했다. 1986년《소설문학》으로 등단했다. 등단한 지 1년 만에 잡
지사가 문을 닫았지만 김기택, 장석남 시인 등과 함께 '시운동' 2기 동인
으로 참여하며 작품 활동을 계속했다. 등단 11년 만에 첫 시집『오래 비
어 있는 길』(1997)을 펴냈다. 시집으로는『나뭇잎의 말』(1999)『함허동
천에서 서성이다』(2002)『거룩한 허기』(2008)『우리처럼 낯선』(2014)
『당신이 없는 곳에서 당신과 함께』(2019) 등이 있다. 백석문학상과 윤동
주서시문학상 등을 수상했다.

지상의 방 한 칸
—박영한님의 제(題)를 빌려

세월은 또 한 고비 넘고
잠이 오지 않는다.
꿈결에도 식은땀이 등을 적신다.
몸부림치다 와 닿는
둘째놈 애린 손끝이 천근으로 아프다
세상 그만 내리고만 싶은 나를 애비라 믿어
이렇게 잠이 평화로운가.
바로 뉘고 이불을 다독여준다.
이 나이토록 배운 것이라곤 원고지 메꿔 밥 비는 재주.
쫓기듯 붙잡는 원고지 칸이
마침내 못 건널 운명의 강처럼 넓기만 한데,
달아오른 불덩어리
초라한 몸 가릴 방 한 칸이
망망천지에 없단 말이냐.

웅크리고 잠든 아내의 등에 얼굴을 대본다.
밖에는 바람소리 사정없고
며칠 후면 남이 누울 방바닥
잠이 오지 않는다.

194

김사인

　동덕여대 문예창작과 교수인 김사인은 1956년 충북 보은에서 태어났다. 서울대학교 국문과를 졸업했으며 국문학 전공자로는 처음으로 2018년 한국문학번역원장이 됐다. 《실천문학》과 《창작과비평》의 편집위원이었으며 한국작가회의 시 분과위원장과 부이사장을 역임했다. 시집으로는 『밤에 쓰는 편지』(1987) 『가만히 좋아하는』(2006) 『어린 당나귀 곁에서』(2015) 등이 있다. 문학평론가로도 활동하면서 『박상륭 깊이 읽기』 『시를 어루만지다』 등의 편저서를 발간했다. 현대문학상, 대산문학상, 임화문학예술상, 지훈상 등을 수상했다.

희미한 옛사랑의 그림자

4·19가 나던 해 세밑
우리는 오후 다섯 시에 만나
반갑게 악수를 나누고
불도 없이 차가운 방에 앉아
하얀 입김 뿜으며
열띤 토론을 벌였다
어리석게도 우리는 무엇인가를
정치와는 전혀 관계없는 무엇인가를
위해서 살리라 믿었던 것이다
결론 없는 모임을 끝낸 밤
혜화동 로터리에서 대포를 마시며
사랑과 아르바이트와 병역 문제 때문에
우리는 때 묻지 않은 고민을 했고
아무도 귀 기울이지 않는 노래를
누구도 흉내 낼 수 없는 노래를
저마다 목청껏 불렀다
돈을 받지 않고 부르는 노래는
겨울밤 하늘로 올라가
별똥별이 되어 떨어졌다

그로부터 18년 오랜만에
우리는 모두 무엇인가 되어
혁명이 두려운 기성세대가 되어
넥타이를 매고 다시 모였다
회비를 만 원씩 걷고
처자식들의 안부를 나누고
월급이 얼마인가 서로 물었다
치솟는 물가를 걱정하며
즐겁게 세상을 개탄하고
익숙하게 목소리를 낮추어
떠도는 이야기를 주고받았다
모두가 살기 위해 살고 있었다
아무도 이젠 노래를 부르지 않았다
적잖은 술과 비싼 안주를 남긴 채
우리는 달라진 전화번호를 적고 헤어졌다
몇이서는 포커를 하러 갔고
몇이서는 춤을 추러 갔고
몇이서는 허전하게 동숭동 길을 걸었다
돌돌 말은 달력을 소중하게 옆에 끼고

오랜 방황 끝에 되돌아온 곳

우리의 옛사랑이 피 흘린 곳에

낯선 건물들 수상하게 들어섰고

플라타너스 가로수들은 여전히 제자리에 서서

아직도 남아 있는 몇 개의 마른 잎 흔들며

우리의 고개를 떨구게 했다

부끄럽지 않은가

부끄럽지 않은가

바람의 속삭임 귓전으로 흘리며

우리는 짐짓 중년기의 건강을 이야기했고

또 한 발짝 깊숙이 늪으로 발을 옮겼다

김광규

    1941년 서울에서 태어났다. 서울대학교 및 동 대학원 독문과를 졸업하고 독일 뮌헨에서 공부했다. 1975년 계간《문학과지성》을 통해 데뷔한 이후 1979년 첫 시집『우리를 적시는 마지막 꿈』을 발표하여 녹원문학상을 수상했다. 1984년 두 번째 시집『아니다 그렇지 않다』로 김수영문학상, 1994년『아니리』로 편운문학상, 2003년 여덟 번째 시집『처음 만나던 때』로 대산문학상, 2007년 아홉 번째 시집『시간의 부드러운 손』으로 이산문학상을 수상했다. 오늘의 작가상과 정지용문학상도 수상했다.『반달곰에게』(1981)『크낙산의 마음』(1986)『좀팽이처럼』(1988)『물길』(1994) 등 다수의 시집이 있다. 한양대학교 독문과 명예교수다.

물의 노래
—'새도 옮겨앉는 곳마다 깃털이 빠지는데'

1

그대 다시는 고향에 못가리

죽어 물이나 되어서 천천히 돌아가리

돌아가 고향하늘에 맺힌 물 되어 흐르며

예섰던 우물가 대추나무에도 휘감기리

살던 집 문고리도 온몸으로 흔들어 보리

살아생전 영영 돌아가지 못함이라

오늘도 물가에서 잠긴 언덕 바라보고

밤마다 꿈을 덮치는 물꿈에 가위 눌리니

세상사람 우릴 보고 수몰민이라 한다

옮겨간 낯선 곳에 눈물 뿌려 기심매고

거친 땅에 솟은 자갈돌 먼곳으로 던져가며

다시 살아보려 바둥거리는 깨진 무릎으로

구석에 서성이던 우리들 노래도 물속에 묻혔으니

두 눈 부릅뜨고 소리쳐 불러보아도

돌아오지 않는 그리움만 나루터에 쌓여갈 뿐

나는 수몰민, 뿌리채 뽑혀 던져진 사람

마을아 억센 풀아 무너진 흙담들아

언젠가 돌아가리라 너희들 물 틈으로

나 또한 한많은 물방울 되어 세상길 흘러 흘러
돌아가 고향하늘에 홀로 글썽이리

(후략)

이동순

    경북 김천 상좌원에서 1950년 태어났다. 경북대학교 국문과와 동 대학원에서 공부, 영남대학교에서 후학을 양성했다. 1973년《동아일보》신춘문예에 「마왕의 잠」이 당선되었다. 1975년 시인 이하석과 2인 시집『백자도』를 펴낸 그는 1976년부터 '자유시' 동인으로 활동했다. 시집으로는『개밥풀』(1980)『물의 노래』(1983)『지금 그리운 사람은』(1986)『철조망 조국』(1991)『그 바보들은 더욱 바보가 되어간다』(1992)『봄의 설법』(1995)『꿈에 오신 그대』(1995) 등이 있다. 시인 안도현과 사돈지간이다.

광야

까마득한 날에
하늘이 처음 열리고
어데 닭 우는 소리 들렸으랴

모든 산맥들이
바다를 연모해 휘달릴 때도
차마 이곳을 범하던 못 하였으리라

끊임없는 광음(光陰)을
부지런한 계절이 피어선 지고
큰 강물이 비로소 길을 열었다

지금 눈 나리고
매화향기 홀로 아득하니
내 여기 가난한 노래의 씨를 뿌려라

다시 천고(千古)의 뒤에
백마타고 오는 초인(超人)이 있어
이 광야에서 목놓아 부르게 하리라

이육사

　1904년 경북 안동에서 태어났다. 조부에게서 한학을 배웠고 대구 교남학교에서 수학했다. 1925년 독립운동단체인 의열단에 가입, 1926년 베이징으로 가서 베이징 사관학교에 입학, 이듬해 귀국했으나 장진홍의 조선은행 대구지점 폭파사건에 연루되어 3년간 옥고를 치렀다. 이때 수인번호였던 264를 따서 호를 육사라 지었다. 출옥 후 다시 베이징대학 사회학과에 입학, 수학 중 루쉰 등과 교류하며 독립운동을 계속했다. 1933년 귀국 후 육사라는 이름으로 시「황혼」을《신조선》에 발표하면서 시단에 등장했다. 1937년 동인지《자오선》을 발간했고 그 무렵「청포도」「교목」「절정」「광야」를 발표했다. 1943년 중국으로 갔다가 귀국, 같은 해 6월에 동대문경찰서 형사에게 체포되어 베이징으로 압송, 이듬해 베이징 감옥에서 옥사했다. 사후 11년 뒤인 1946년 신석초를 비롯한 문학인들에 의해 유고 시집『육사시집』이 출간됐고 1968년 고향인 경북 안동에 육사시비가 세워졌다.

구부러진 길

나는 구부러진 길이 좋다.
구부러진 길을 가면
나비의 밥그릇 같은 민들레를 만날 수 있고
감자를 심는 사람을 만날 수 있다.
날이 저물면 울타리 너머로 밥 먹으라고 부르는
어머니의 목소리도 들을 수 있다.
구부러진 하천에 물고기가 많이 모여 살 듯이
들꽃도 많이 피고 별도 많이 뜨는 구부러진 길.
구부러진 길은 산을 품고 마을을 품고
구불구불 간다.
그 구부러진 길처럼 살아온 사람이 나는 또한 좋다.
반듯한 길 쉽게 살아온 사람보다
흙투성이 감자처럼 울퉁불퉁 살아온 사람의
구불구불 구부러진 삶이 좋다.
구부러진 주름살에 가족을 품고 이웃을 품고 가는
구부러진 길 같은 사람이 좋다.

이준관

　한국동시문학회 회장을 역임한 이준관은 1949년 전북 정읍에서 태어났다. 1971년《서울신문》신춘문예에 동시로, 1974년《심상》신인상으로 등단했다. 동시집 『크레파스화』(1978) 『씀바귀꽃』(1987) 『우리나라 아이들이 좋아서』(1993) 『3학년을 위한 동시』(1999) 『내가 채송화꽃처럼 조그마했을 때』(2003) 『쑥쑥』(2010) 등이 있다. 시집으로는 『황야』(1983) 『가을 떡갈나무 숲』(1991) 『열 손가락에 달을 달고』(1992) 『부엌의 불빛』(2005) 『천국의 계단』(2014) 등이 있다. 대한민국문학상, 방정환문학상, 소천아동문학상, 펜문학상, 어효선아동문학상, 김달진문학상, 영랑시문학상을 받았다.

전라도 가시내

알룩조개에 입맞추며 자랐나
눈이 바다처럼 푸를뿐더러 까무스레한 네 얼굴
가시내야
나는 발을 얼구며
무쇠다리를 건너온 함경도 사내

바람소리도 호개도 인젠 무섭지 않다만
어두운 등불 밑 안개처럼 자욱한 시름을 달게 마시런다만
어디서 흥참한 기별이 뛰어들 것만 같애
두터운 벽도 이웃도 못 미더운 북간도 술막

온갖 방자의 말을 품고 왔다
눈포래를 뚫고 왔다
가시내야
너의 가슴 그늘진 숲 속을 기어간 오솔길을 나는 헤매이자
술을 부어 남실남실 술을 따르어
가난한 이야기에 고이 잠궈다오

네 두만강을 건너왔다는 석 달 전이면

단풍이 물들어 천리 천리 또 천리 산마다 불탔을 겐데
그래도 외로워서 슬퍼서 치마폭으로 얼굴을 가렸더냐
두 낮 두 밤을 두루미처럼 울어 울어
불술기 구름 속을 달리는 양 유리창이 흐리더냐

차알삭 부서지는 파도소리에 취한 듯
때로 싸늘한 웃음이 소리 없이 새기는 보조개
가시내야
울 듯 울 듯 울지 않는 전라도 가시내야
두어 마디 너의 사투리로 때아닌 봄을 불러줄께
손때 수줍은 분홍 댕기 휘 휘 날리며
잠깐 너의 나라로 돌아가거라

이윽고 얼음길이 밝으면
나는 눈포래 휘감아치는 벌판에 우줄우줄 나설 게다
노래도 없이 사라질 게다
자욱도 없이 사라질 게다

이용악

함경북도 경성에서 1914년 태어났다. 고향에서 보통학교를 졸업한 후 1936년 일본 조치대학 신문학과에서 공부했다. 1937년 첫 번째 시집 『분수령』을 출간했고 이듬해 두 번째 시집 『낡은 집』을 내놓았다. 광복 후 1946년 조선문학가동맹의 시 분과위원으로 활동하면서 《중앙신문》 기자로 재직했다. 이 시기에 시집 『오랑캐꽃』이 나왔다. 1949년 경찰에 체포돼 서울 서대문 형무소에 갇혔다가 1950년 6월 인민군이 서울에 진격해 오면서 출옥했다. 이 시기에 시 「노한 눈들」 「짓밟히는 거리에서」 「빗발 속에서」 등 대표적인 작품들이 쏟아졌다. 1951년부터 1952년까지 조선문학동맹 시 분과위원장으로 활동했고 1956년 11월부터 조선작가동맹출판사 단행본 편집부 부주필로 일했다.

"차알삭 부서지는 파도소리에 취한 듯

때로 싸늘한 웃음이 소리 없이 새기는 보조개"

북녘 거처

당신은 인생길에서 돌아가고 싶은 길목이 있습니까
나는 갈 수만 있다면 가고 싶은 길목이 있습니다만
1978년 여름 한 달 살았던 불암산 아래 상계동 종점
가짜 보석 반지를 찍어내던 프레스가 있던 작은 공장
신개발 지구 허름한 사람들의 발걸음
먼저 자리 잡고 프레스를 밟던 불알친구
비만 오면 질척이던 골목 안 그 낮은 지붕 아래
시를 처음 끼적여 본 공책이 놓여 있던
내가 살아 본 이 세상 가장 먼 북녘 거처
돌아갈 수만 있다면 딱 그 시절로 돌아가고 싶습니다만

그해 여름 안동역에서 청량리행 열차를 탄 열일곱 소년
행복과는 거리가 먼 러셀의 책 한 권
싸구려 야외전축 유행가 레코드판 몇 장
세 번째 아내를 둔 아버지가 살던 셋방을 벗어난 까까머리
전형(典型)처럼 후줄근하게 비는 내리고 청량리 앞 미주아
파트
  식모 살던 동생이 남몰래 끓여 준 라면 한 끼 훌쩍이던 식탁
  누이동생이 그토록 다니고 싶어 한 학교를 자퇴한 소년

상계동 종점 창이 없는 그 집 열입곱 한 달
그 어느 하루로라도 돌아가고 싶습니다만

지금은 지하철 4호선 종점 당고개역 솟은 그 너머
아배 편지 한 장 받아들고 눈물 찍으며 돌아섰던
이제는 의지가지없는 그곳
불알친구는 십 년 뒤 낙향하여 낙동강에 목숨을 흘려보냈고
편지 한 장으로 나를 불러내렸던 아배도 오래전 소식 없고
누이동생도 다른 하늘을 이고 산 지 오래
열일곱 소년만 꼬박꼬박 혼자서만 나이 먹어 가며
이 낡은 남녘에서
다 늦어 또다시 가출을 감행할 꿈을 꾸며
그 북녘을 떠올려 봅니다만, 진작부터 야외전축도 없고
난 정말 몰랐었네 최병걸 레코드판도 없어진 지 오랩니다만,
갈 수만 있다면 단 몇 시간만이라도
그동안 써 왔던 시들을 하나하나 지워 가며
내 삶의 가장 먼 그 북녘 거처로 돌아가고 싶습니다만,
나를 아는지 모르는지 당신
당신은 인생길 어디 돌아가고 싶은 길목이 없습니까

있다면 남녘입니까 북녘입니까

북녘입니까 남녘입니까

미안한 일인지 어떤지 나는 아직 그 북녘입니다만,

당신, 당신들은 지금 어느 녘에 있습니까

안상학

　두 번째 시집 『안동소주』 때문에 '안동소주 시인'으로 불리는 안상학은 1962년 경북 안동에서 태어났다. 1988년 《중앙일보》 신춘문예에 시 「1987년 11월의 신천」이 당선되어 등단했다. 시집으로는 『그대 무사한가』(1991) 『안동소주』(1999) 『오래된 엽서』(2003) 『아배 생각』(2008) 『그 사람은 돌아오고 나는 거기 없었네』(2014) 『안상학 시선』(2018) 『남아 있는 날들은 모두가 내일』(2020) 등이 있다. 동시집 『지구를 운전하는 엄마』, 평전 『권종대-통일걷이를 꿈꾼 농투성이』, 시화집 『시의 꽃말을 읽다』를 내놓기도 했다. 동화작가 권정생 선생이 돌아가신 이후 안동에서 권정생문화재단 사무처장으로 6년 넘게 일했다. 한국작가회의 사무처장을 지내기도 했다.

저무는 강물 위에

부들 헤집고
저무는 강물 위에 떨어지는 가을
바람이 거듭 그 현(弦)을 건드리니
저 합수(合水)하는 북한강에도 옛가을이 와서
양수리 골골이 또다시 홍황(紅黃)이 불붙듯
단풍이 익었어요
해종일 불안한 낡은 거룻배를 저어가는
열 번은 몸이 죽고
남은 그 마음이 아직은 아니 죽어서
떠내려가는 물타래 꽃물 든 물타래를
시퍼렇게 힘차게 부둥켜 안았어요
이렇게 다 늦은 저녁답에 퍼뜩 알아듣게
인기척이 오듯
저무는 강물 위로 툭, 하고 탁, 하며
저 잘 굳은 보랏빛 하늘에서
우연이듯 새파란 새똥 떨어지구요
강물 속으로 구부러진 강가의 나무는
늙은 잎사귀 대신 주렁주렁
말린 물고기들을 매달았어요

가지에서 가지 사이로 이따금

딸그락딸그락 그릇 씻는 소리, 물살을 치는 풍경소리!

김명리

　1959년 대구에서 태어났다. 1984년《현대문학》을 통해 등단했다. 동
국대학교 국문과를 졸업하고 동 대학원에서 박사과정을 수료했다. 시집
으로는『물 속의 아틀라스』(1988)『물보다 낮은 집』(1991)『적멸의 즐거
움』(1999)『불멸의 샘이 여기 있다』(2002)『제비꽃 꽃잎 속』(2016) 등이
있다.

님의 침묵

님은 갔습니다. 아아 사랑하는 나의 님은 갔습니다.

푸른 산빛을 깨치고 단풍나무 숲을 향하여 난 작은 길을 걸어서 차마 떨치고 갔습니다.

황금의 꽃같이 굳고 빛나던 옛 맹서(盟誓)는 차디찬 티끌이 되어서 한숨의 미풍에 날아갔습니다.

날카로운 첫 '키스'의 추억은 나의 운명의 지침을 돌려놓고 뒷걸음쳐서 사라졌습니다.

나는 향기로운 님의 말소리에 귀먹고 꽃다운 님의 얼굴에 눈멀었습니다.

사랑도 사람의 일이라 만날 때에 미리 떠날 것을 염려하고 경계하지 아니한 것은 아니지만 이별은 뜻밖의 일이 되고 놀란 가슴은 새로운 슬픔에 터집니다.

그러나 이별을 쓸데없는 눈물의 원천을 만들고 마는 것은 스스로 사랑을 깨치는 것인 줄 아는 까닭에 걷잡을 수 없는 슬픔의 힘을 옮겨서 새 희망의 정수박이에 들어부었습니다.

우리는 만날 때에 떠날 것을 염려하는 것과 같이 떠날 때에 다시 만날 것을 믿습니다.

아아 님은 갔지마는 나는 님을 보내지 아니하였습니다.

제 곡조를 못 이기는 사랑의 노래는 님의 침묵을 휩싸고

돕니다.

한용운

충남 홍성에서 1879년 태어난 한용운은 독립운동가이며 승려이고 시인이다. 일제 강점기 때 시집 『님의 침묵』(1926)을 출판해 저항문학의 선두에 섰고 불교를 통한 청년운동에도 앞장섰다. 한용운은 서당에서 한학을 배우다가 동학농민운동에 가담했다. 이 운동에 실패하자 1896년 설악산 오세암으로 들어갔다. 1910년 나라를 빼앗기자 만주 시베리아 등지를 방랑하다 1913년 귀국, 불교 학원에서 교편을 잡았다. 1918년 서울 계동에서 월간지 《유심》을 발간, 3·1운동 때 민족 대표 33인의 한 사람으로 서명, 체포되어 3년형을 선고받고 복역했다. 1935년 첫 장편소설 『흑풍』을 《조선일보》에 연재했고, 1938년 불교 항일단체인 만당사건의 배후자로 또다시 검거됐다. 서울 성북동에서 중풍으로 별세했다.

산문에 기대어

누이야
가을산 그리메에 빠진 눈썹 두어 낱을
지금도 살아서 보는가
정정(淨淨)한 눈물 돌로 눌러 죽이고
그 눈물 끝을 따라가면
즈믄밤의 강이 일어서던 것을
그 강물 깊이깊이 가라앉은 고뇌의 말씀들
돌로 살아서 반짝여 오던 것을
더러는 물 속에서 튀는 물고기같이
살아 오던 것을
그리고 산다화(山茶花) 한 가지 꺾어 스스럼없이
건네이던 것을

누이야 지금도 살아서 보는가
가을산 그리메에 빠져 떠돌던, 그 눈썹 두어 낱을 기러기가
강물에 부리고 가는 것을
내 한 잔은 마시고 한 잔은 비워 두고
더러는 잎새에 살아서 튀는 물방울같이
그렇게 만나는 것을

누이야 아는가

가을산 그리메에 빠져 떠돌던

눈썹 두어 낱이

지금 이 못물 속에 비쳐 옴을

송수권

　1940년 전남 고흥에서 태어난 송수권은 순천사범학교와 서라벌예술
대학교 문예창작과를 졸업하고 1975년 《문학사상》 신인상에 「산문에 기
대어」가 당선되어 등단, 같은 해 문화공보부 예술상을 수상했다. 30년
간 중학교와 고등학교 교사로 재직했으며 광주학생교육원 연구사, 연구
관을 지낸 뒤 1995년 명예퇴직했다. 1999년부터는 순천대학교 문예창
작과에서 학생들을 가르쳤다. 시집으로는 『산문에 기대어』(1980) 『꿈꾸
는 섬』(1983) 『아도』(1985) 『새야 새야 파랑새야』(1986) 『우리들의 땅』
(1988) 『별밤지기』(1992) 『바람에 지는 아픈 꽃잎처럼』(1994) 『수저통에
비치는 저녁 노을』(1998) 등이 있다. 2016년 타계했다.

우리가 물이 되어

우리가 물이 되어 만난다면
가문 어느 집에선들 좋아하지 않으랴.
우리가 키 큰 나무와 함께 서서
우르르 우르르 비 오는 소리로 흐른다면.

흐르고 흘러서 저물녘엔
저 혼자 깊어지는 강물에 누워
죽은 나무뿌리를 적시기도 한다면.
아아, 아직 처녀인
부끄러운 바다에 닿는다면.

그러나 지금 우리는
불로 만나려 한다.
벌써 숯이 된 뼈 하나가
세상에 불타는 것들을 쓰다듬고 있나니

만 리 밖에서 기다리는 그대여
저 불 지난 뒤에
흐르는 물로 만나자.

푸시시 푸시시 불 꺼지는 소리로 말하면서

올 때는 인적 그친

넓고 깨끗한 하늘로 오라.

강은교

　1945년 함경남도 홍원군에서 태어나 서울에서 성장했다. 경기여고와 연세대학교 영문과를 졸업하고 동 대학원 국문과에서 김기림 연구로 박사학위를 받았다. 1968년《사상계》신인문학상에 「순례자의 잠」이 당선되어 문단에 진출했다. 한국문학상, 현대문학상, 정지용문학상을 수상했다. 시집으로는『허무집』(1971)『빈자일기』(1977)『소리집』(1982)『바람노래』(1987)『오늘도 너를 기다린다』(1989)『벽 속의 편지』(1992)『어느 별에서의 하루』(1996)『등불 하나가 걸어오네』(1999)『시간은 주머니에 은빛 별 하나 넣고 다녔다』(2002)『초록 거미의 사랑』(2006) 등이 있다.

어머니

한몸이었다
서로 갈려
다른 몸 되었는데

주고 아프게
받고 모자라게
나뉘일 줄
어이 알았으리

쓴 것만 알아
쓴 줄 모르는 어머니
단 것만 익혀
단 줄 모르는 자식

처음대로
한몸으로 돌아가
서로 바꾸어
태어나면 어떠하리

김초혜

　1943년 충북 청주에서 태어났다. 청주여고와 동국대학교 국문과를 졸업했고 1964년 《현대문학》에 「길」을 발표하며 등단했다. 시집으로는 『떠돌이별』(1984) 『사랑굿 1』(1985) 『사랑굿 2』(1986) 『섬』(1987) 『사랑굿 3』(1992) 『세상살이』(1993) 『그리운 집』(1998) 『고요에 기대어』(2006) 『사람이 그리워서』(2008) 『멀고 먼 길』(2017) 등이 있다. 한국문학상, 한국시인협회상, 현대문학상, 정지용문학상, 유심작품상, 공초문학상 등을 수상했다. 한국현대시박물관장을 역임했고 현재 구상솟대문학상 운영위원장이다.

국수가 먹고 싶다

국수가 먹고 싶다

사는 일은
밥처럼 물리지 않는 것이라지만
때로는 허름한 식당에서
어머니 같은 여자가 끓여주는
국수가 먹고 싶다

삶의 모서리에 마음을 다치고
길거리에 나서면
고향 장거리 길로
소 팔고 돌아오듯
뒷모습이 허전한 사람들과
국수가 먹고 싶다

세상은 큰 잔칫집 같아도
어느 곳에선가
늘 울고 싶은 사람들이 있어

마을의 문들은 닫히고
어둠이 허기 같은 저녁
눈물자국 때문에
속이 훤히 들여다보이는 사람들과
따뜻한 국수가 먹고 싶다

이상국

1946년 강원도 양양에서 태어났다. 1976년 《심상》에 「겨울추상화」를
발표하면서 등단했다. 1985년 『동해별곡』을 시작으로 『내일로 가는 소』
(1989) 『우리는 읍으로 간다』(1992) 『집은 아직 따뜻하다』(1998) 『어느
농사꾼의 별에서』(2005) 『뿔을 적시며』(2012) 『달은 아직 그 달이다』
(2016) 등 다수의 시집을 내놓았다. 강원민족예술상, 유심작품상, 백석
문학상과 정지용문학상, 현대불교문학상 등을 수상했다.

모란이 피기까지는

모란이 피기까지는
나는 아직 나의 봄을 기다리고 있을 테요.
모란이 뚝뚝 떨어져 버린 날
나는 비로소 봄을 여읜 설움에 잠길 테요.
5월 어느 날, 그 하루 무덥던 날
떨어져 누운 꽃잎마저 시들어 버리고는
천지에 모란은 자취도 없어지고,
뻗쳐오르던 내 보람 서운케 무너졌느니
모란이 지고 말면 그뿐, 내 한 해는 다 가고 말아
삼백 예순 날 하냥 섭섭해 우옵내다.
모란이 피기까지는
나는 아직 기다리고 있을 테요, 찬란한 슬픔의 봄을.

김영랑

　1903년 전남 강진에서 대지주의 맏이로 태어났다. 1930년 정지용, 박용철 등과 함께 '시문학' 동인을 결성, 여러 시를 발표했는데 대표작 「모란이 피기까지는」도 이 무렵 발표됐다. 1935년 첫 시집 『영랑시집』을 출간했고 일제의 민족말살정책이 극에 달하자 「독을 품고」 등의 저항시를 발표했다. 신사참배와 창씨개명 등에 저항해 붓을 꺾기도 했지만 해방 후에는 시작 활동에 전념했다. 고향인 강진에서 제헌국회의원에 출마했다가 낙선했다. 한국전쟁 당시 서울 수복 전투 중 서울을 탈출하지 못하고 포탄 파편에 맞아 48세로 별세했다.

하류

거기 나무가 있었네.

노을 속엔

언제나 기러기가 살았네.

붉은 노을이 금관악기 소리로 퍼지면

거기 나무를 세워두고

집으로 돌아오곤 했었네.

쏟아져 내리는 은하수 하늘 아래

창문을 열고 바라보았네.

발뒤축을 들고 바라보았네.

거기 나무가 있었네.

희미한 하류로

머리를 두고 잠이 들었네.

나무가 아이의 잠자리를 찾아와

가슴을 다독여 주고 돌아가곤 했었네.

거기 나무가 있었네.

일만 마리 매미 소리로

그늘을 만들어 주었네.

모든 대답이 거기 있었네.

그늘은 백사장이고 시냇물이었으며

뻘기풀이고 뜸부기 알이었네.

거기 나무가 있었네.

이제는 무너져 흩어져 버렸지만

둥치마저 타 버려 재가 돼 버렸지만

금관악기 소리로 퍼지던 노을

스쳐가는 늦기러기 몇 마리 있으리.

귀 기울이고 다가서 보네.

까마득한 하류에 나무가 있었네.

거기 나무가 있었네.

이건청

「하류」는 이건청의 여덟 번째 시집 『푸른 말들에 관한 기억』(2005)에 실려 있다. 이건청은 1942년 경기도 이천에서 태어났다. 1966년 한양대학교 국문과를 졸업하고, 동 대학원에서 문학석사, 단국대학교 대학원에서 문학박사학위를 받았다. 1967년《한국일보》신춘문예에 「목선들의 뱃머리가」로 등단했다. 이후 1970년《현대문학》11월호에 시인 박목월의 추천으로 「손금」「구시가의 밤」「구약」을 발표하면서 활발하게 활동했다. 시집으로는 『이건청 시집』(1970) 『망초꽃 하나』(1983) 『로댕-청동시대를 위하여』(1989) 『코뿔소를 찾아서』(1995) 『석탄 형성에 관한 관찰 기록』(2000) 『소금창고에서 날아가는 노고지리』(2007) 『움직이는 산』(2009) 등이 있다. 평론집 『초월의 양식』『한국전원시연구』등도 출간했다.

"그늘을 만들어 주었네.
모든 대답이 거기 있었네."

"왜
서정시인가요?"

−시인과 검사의 대화

류근

사람들이 자꾸만 천박해지고 각박해져서 도무지 염치와 수치를 모르는 세상으로 치닫고 있습니다. 점점 고민이 깊어지더군요. 사람들이 왜 자꾸만 나쁜 쪽으로 기울어질까. 그러다가 문득 이런 결론에 다다르게 되었습니다. 아, 사람들이 시를 읽지 않고, 시심을 잊어서 그런 거다! 이 시대야말로 시가 필요한 시대다! 그래서 서정시선을 떠올리게 됐고, 마침 페이스북에서 인문학적 교양의 천재로 소문난 검사님께 함께하자고 제안을 하게 된 겁니다.

진혜원

영광입니다. 저도 이런 작업에 동참할 수 있어서 참 기쁩니다.

류근

시가 어려워진 시대에 누구라도 이 한 권만 읽으면 시적 자산이 확보되는 시선집, 인생의 시선집 한 권 꼭 펴내고 싶었는데 흔쾌히 동의해 주셔서 제가 더 영광입니다. 저는 사실 일련의 정치적 사건들을 통해서 드러나는 우리 시대의 악마성과 폭력성을 지켜보면서 그로 인해 상처받는 사람들에게 위로가 되는 서정시가 꼭 필요하다는 생각을 하게 되었습니다.

진혜원

개인사가 드러나서 자세히 말씀드리기 꺼려지지만, 한때 건강을 잃고 치료하는 과정에서 역학(명리학, 『주역』)에 관심을 가지고 공부하게 됐습니다. 그때 막연히만 느끼던 것을 통계적으로 깨달았는데 힘과 양보, 양과 음, 이런 요소들이 조화를 이뤄야 삶과 생명이 돌아간다는 구조를 자연법칙으로 정리한 것이 『주역』, 인간에게 적용한 것이 명리학이라는 큰 통찰이었습니다.

류근

아, 그래서 법조계 안팎에서 '도사님'이라는 별명이 붙었던 거로군요? 흥미롭습니다.

진혜원

시인님 말씀대로 저 또한 과도하게 힘을 행사하는 국가기관의 양기 앞에서 그러한 힘은 자제하여야 하고 절제되어야 한다는 평소 신념을 제가 알고 있는 법리와 인문학을 통해 설명하기 위해 처음으로 공개 계정의 페이스북을 시작하게 됐습니다.

류근

현직 검사로서 참 쉽지 않은 선택이었을 텐데, 시민에게 다가서려는 노력 존경합니다.

진혜원

서정시의 역할이 바로 이러한 과도한 국가권력의 행사를 스스로 되돌아보게 하는 성찰을 준다는 것이라고 생각합니다. 과도하게 양으로 기운 국가권력의 힘을 음으로 균형 잡아주는 기능이라고 할까요. 마음을 순화시키고, 아름다움을 발견하고, 순수하게 동화시키는 것이 바로 서정시의 힘이라고 생각해요.

류근

40년 가까이 시 공부한 저보다 서정시에 대한 철학이 깊으십니다.

진혜원

마이클 잭슨의 '히스토리' 공연을 보면 〈Earth Song〉이라는 곡 퍼포먼스 중에 군인이 무대 위로 탱크를 밀고 들어와 위협하는 장면이 나오는데요. 그때 한 소녀가 꽃을 들고 가 군인에게 전달합니다. 그러자 군인이 무릎을 꿇고 흐느끼면서 소녀를 안아주고, 파괴된 지구에서 고생하던 시민들 역할을 하는 합창단이 하나둘씩 나와 합창을 하면서 대단원의 막을 내리는데, 서정시가 바로 꽃을 든 소녀의 역할을 해줄 수 있다고 믿습니다.

류근

화해와 치유의 에너지! 용서와 위안과 사랑의 언어들이 글썽거리는 세계가 곧 서정시라는 말씀 참 깊게 들립니다. 이 시선집이 부디 이 캄캄한 시대에 외롭고 고단한 사람들에게 큰 울림으로 구원이 되는 음성이었으면 좋겠습니다.

| 작품 출처 |

1 그늘의 밤을 잊지 못하지

• 김선우, 「내 몸속에 잠든 이 누구신가」, 『내 몸속에 잠든 이 누구신 가』, 문학과지성사, 2007년

• 박정만, 「작은 연가」, 『박정만 시전집』, 해토, 2005년

• 백석, 「나와 나타샤와 흰 당나귀」, 『정본 백석 시집』, 문학동네, 2007년

• 박준, 「지금은 우리가」, 『당신의 이름을 지어다가 며칠은 먹었다』, 문 학동네, 2012년

• 허수경, 「혼자 가는 먼 집」, 『혼자 가는 먼 집』, 문학과지성사, 1992년

• 황지우, 「뼈아픈 후회」, 『어느 날 나는 흐린 주점에 앉아 있을 거다』, 문학과지성사, 1998년

• 박재삼, 「울음이 타는 가을강」, 『박재삼 시집』, 범우사, 1989년

• 김용택, 「사람들은 왜 모를까」, 『그 여자네 집』, 창비, 1998년

• 김종삼, 「북 치는 소년」, 『북 치는 소년』, 시인생각, 2013년

• 문정희, 「한계령을 위한 연가」, 『한계령을 위한 연가』, 시인생각, 2013년

• 문태준, 「바다」, 『가재미』, 문학과지성사, 2006년

• 황동규, 「즐거운 편지」, 『삶을 살아낸다는 건』, 휴먼앤북스, 2010년

• 박인환, 「세월이 가면」, 『박인환 시집』, 범우사, 1986년

• 정일근, 「사월에 걸려온 전화」, 『누구도 마침표를 찍지 못한다』, 시와 시학사, 2001년

• 최영미, 「선운사에서」, 『서른, 잔치는 끝났다』, 이미, 2020년

• 오인태, 「등뒤의 사랑」, 『등뒤의 사랑』, 뜨란, 2002년

2 외로운 황홀한 심사이어니

• 신경림, 「가난한 사랑 노래」, 『신경림 시전집 1』, 창비, 2004년

• 김기택, 「풀벌레들의 작은 귀를 생각함」, 『소』, 문학과지성사, 2005년

• 김영승, 「반성 673」, 『반성』, 민음사, 2011년

• 이형기, 「낙화」, 『낙화』, 시인생각, 2013년

• 김주대, 「출처」, 『그리움의 넓이』, 창비, 2012년

• 김지하, 「서울길」, 『타는 목마름으로』, 창비, 1982년

• 박용래, 「저녁눈」, 『일락서산에 개구리 울음』, 시인생각, 2013년

• 윤동주, 「별 헤는 밤」, 『윤동주 시집』, 범우사, 2002년

• 김혜순, 「잘 익은 사과」, 『달력 공장 공장장님 보세요』, 문학과지성사, 2000년

• 박철, 「영진설비 돈 갖다 주기」, 『영진설비 돈 갖다 주기』, 문학동네, 2001년

• 이시영, 「바람이 불면」, 『만월』, 창비, 1976년

• 이원규, 「행여 지리산에 오시려거든」, 『옛 애인의 집』, 솔, 2003년

• 정지용, 「유리창 1」, 『정지용 시집』, 기민사, 1986년

• 나희덕, 「푸른 밤」, 『그곳이 멀지 않다』, 문학동네, 2014년

• 오정국, 「삭풍이 읽고 간 몇 줄의 시」, 『내가 밀어낸 물결』, 세계사, 2001년

• 정희성, 「저문 강에 삽을 씻고」, 『저문 강에 삽을 씻고』, 창비, 1978년

• 조지훈, 「낙화」, 『청록집』, 을유문화사, 2006년

3 산에서 우는 작은 새여

- 최승자, 「개 같은 가을이」, 『이 시대의 사랑』, 문학과지성사, 1981년
- 곽재구, 「사평역에서」, 『사평역에서』, 창비, 1983년
- 안도현, 「바닷가 우체국」, 『바닷가 우체국』, 문학동네, 1999년
- 김춘수, 「꽃」, 『그는 나에게서 와서 꽃이 되었다』, 시인생각, 2013년
- 박남준, 「아름다운 관계」, 『박남준 시선집』, 펄북스, 2017년
- 유치환, 「행복」, 『사랑하였으므로 행복하였네라』, 시인생각, 2013년
- 정호승, 「슬픔이 기쁨에게」, 『슬픔이 기쁨에게』, 창비, 2014년
- 이승하, 「어머니의 아랫배를 내려다보다」, 『생애를 낭송하다』, 천년의 시작, 2019년
- 한강, 「어느 늦은 저녁 나는」, 『서랍에 저녁을 넣어 두었다』, 문학과지성사, 2013년
- 김소월, 「산유화」, 『김소월 시집』, 범우사, 1984년
- 심보선, 「풍경」, 『슬픔이 없는 십오 초』, 문학과지성사, 2008년
- 장석주, 「밥」, 『꿈에 썻긴 눈썹』, 종려나무, 2007년
- 김수영, 「풀」, 『거대한 뿌리』, 민음사, 2014년
- 이승훈, 「갈매기 나라」, 『이 시대의 시쓰기』, 시인생각, 2013년
- 이기철, 「청산행」, 『청산행』, 민음사, 1995년
- 김중식, 「식당에 딸린 방 한 칸」, 『황금빛 모서리』, 문학과지성사, 1993년

4 나는 온몸에 풋내를 띠고

- 이성부, 「봄」, 『우리들의 양식』, 민음사, 2006년
- 이문재, 「우리 살던 옛집 지붕」, 『내 젖은 구두 벗어 해에게 보여줄 때』, 문학동네, 2014년
- 함민복, 「긍정적인 밥」, 『모든 경계에는 꽃이 핀다 』, 창비, 1996년
- 김관식, 「병상록」, 『다시 광야에』, 창비, 1998년
- 기형도, 「안개」, 『입 속의 검은 잎』, 문학과지성사, 1989년
- 김종해, 「텃새」, 『풀』, 문학세계사, 2001년
- 김후란, 「돌거울에」, 『그 섬에 가고 싶다』, 시선사, 2019년
- 김명인, 「켄터키의 집 Ⅱ」, 『동두천』, 문학과지성사, 1979년
- 박목월, 「나그네」, 『산이 날 에워싸고』, 시월, 2010년
- 임동확, 「큰 산에 피는 꽃은 키가 작다」, 『살아 있는 날들의 비망록』, 민음사, 1990년
- 장석남, 「옛 노트에서」, 『꽃밭을 바라보는 일』, 시인생각, 2013년
- 이상화, 「빼앗긴 들에도 봄은 오는가」, 『이상화문학전집』, 경진출판사, 2015년
- 이정록, 「의자」, 『의자』, 문학과지성사, 2006년
- 신동엽, 「껍데기는 가라」, 『껍데기는 가라』, 시인생각, 2013년
- 이성복, 「그날」, 『뒹구는 돌은 언제 잠 깨는가』, 문학과지성사, 2008년
- 나태주, 「대숲 아래서」, 『풀꽃』, 지혜, 2014년

5 비로소 설움에 잠길 테요

• 전동균, 「앵두나무 아래 중얼거림」, 『거룩한 허기』, 랜덤하우스코리아, 2008년

• 김사인, 「지상의 방 한 칸」, 『밤에 쓰는 편지』, 문학동네, 2011년

• 김광규, 「희미한 옛사랑의 그림자」, 『안개의 나라』, 문학과지성사, 2018년

• 이동순, 「물의 노래」, 『물의 노래』, 실천문학사, 1983년

• 이육사, 「광야」, 『이육사 시집』, 범우사, 2019년

• 이준관, 「구부러진 길」, 『부엌의 불빛』, 시학, 2005년

• 이용악, 「전라도 가시내」, 『이용악 시전집』, 문학과지성사, 2018년

• 안상학, 「북녘 거처」, 『남아 있는 날들은 모두가 내일』, 걷는사람, 2020년

• 김명리, 「저무는 강물 위에」, 『적멸의 즐거움』, 문학동네, 1999년

• 한용운, 「님의 침묵」, 『한용운 시집』, 황성문화원, 1988년

• 송수권, 「산문에 기대어」, 『산문에 기대어』, 문학의 전당, 2006년

• 강은교, 「우리가 물이 되어」, 『막다른 골목을 사랑했네』, 시인생각, 2013년

• 김초혜, 「어머니」(「어머니 1」), 『어머니』, 해냄출판사, 2013년

• 이상국, 「국수가 먹고 싶다」, 『집은 아직 따뜻하다』, 창비, 1998년

• 김영랑, 「모란이 피기까지는」, 『김영랑 시집』, 범우사, 2020년

• 이건청, 「하류」, 『푸른 말들에 관한 기억』, 세계사, 2005년

당신에게 시가 있다면 당신은 혼자가 아닙니다

1판 1쇄 2021년 6월 17일
1판 9쇄 2023년 3월 31일

엮은이 | 류근·진혜원
펴낸이 | 송영석

주간 | 이혜진
기획편집 | 박신애·최예은·박강민·조아혜
디자인 | 박윤정·유보람
마케팅 | 김유종·한승민
관리 | 송우석·전지연·채경민

펴낸곳 | (株)해냄출판사
등록번호 | 제10-229호
등록일자 | 1988년 5월 11일(설립일자 | 1983년 6월 24일)

04042 서울시 마포구 잔다리로 30 해냄빌딩 5·6층
대표전화 | 326-1600 **팩스** | 326-1624
홈페이지 | www.hainaim.com

ISBN 979-11-6714-005-0